ハヤカワ文庫 SF

〈SF2459〉

宇宙英雄ローダン・シリーズ〈724〉

カラポン帝国の皇帝

H・G・エーヴェルス&マリアンネ・シドウ

長谷川 圭訳

早川書房

9106

PERRY RHODAN
STURMWELT AM SCHEIDEWEG
DER KAISER VON KARAPON
by

H. G. Ewers
Marianne Sydow

Translated by
Kei Hasegawa
First published 2024 in Japan by
HAYAKAWA PUBLISHING, INC.
This book is published in Japan by
arrangement with
HEINRICH BAUER VERLAG KG, HAMBURG, GERMANY
through JAPAN UNI AGENCY, INC., TOKYO.

目次

嵐の惑星……………………………七
カラポン帝国の皇帝………………一三五

カラポン帝国の皇帝

嵐の惑星

H・G・エーヴェルス

登場人物

バス＝テトのイルナ……………………アトランのパートナー。アコン人
エイレーネ…………………………………ローダンの娘
リオン・ウィング…………………………《クレイジー・ホース》船長
エシュクラル・
ノグヒム・ドラグス………………同火器管制官。通称〝ベックリン〟
カーシャム・タル…………………………同航法士。火星人
ヌリア・ガイ・ツァヒディ………………同船内エンジニア。アフロテラナー
ハワード・レスター…………………………同船医
コヴァル・インガード……………………惑星ブガクリスの山の民
ロク・ラヒー…………………………………同トロナハエのリーダー
クン＝リー…………………………………同プトラナイのリーダー

1

「気をつけて！」しわがれた声がささやいた。「なにかわからないものには触れないように、エイレーネ嬢！」

エイレーネは振り返ることなく、ただうなずいた。すぐうしろにエシュクラル・ノグヒム・ドラグスがいることはわかっていた。

トクルント人がそう警告する理由も理解できた。エイレーネはかれとともに、トロナハエからは偉大なる母とも呼ばれる〝砂漠の息子たちの星〟にきていた。惑星ブガクリスにいるハウリ人の末裔《まつえい》たちの神話によると、偉大なる母は遠い過去に空から落ちてきた星であり、この星がトロナハエを産んだ。

だが、事実はまったく違う。およそ七百年前、銀河系船団が停滞フィールドに囚《とら》えられていたころ、ハウリ人は《バジス》のテーベ級搭載船と戦闘を行ない、この惑星ブガクリスに不時着した。つまり、〝砂漠の息子たちの星〟は空から落ちてきた難破船なのだ。そのさいに生きのびたハウリ人がトロナハエの祖先となった。だが、当のトロナハエたちはそのことを忘れてしまっていた。

銀河系船団の乗員はトロナハエにとって衝撃が強すぎると考え、真実を伝えなかった。そのため、偉大なる母はすべてのトロナハエにとって、いまだに神聖な場所なのである。もしかれらが、異種族が調査目的で聖域に足を踏み入れていることを知ったら、ほかの信仰深い文化がそれぞれの神を侮辱されたさいにそうしたように、強く反発するだろう。

それが、エシュクラルが警告した理由だ。これまで細心の注意をはらって行なってきた偉大なる母の内部調査から、この難破船はかなり傷んでいるにもかかわらず、ところどころまだ機能するセクションが残っていることがわかった。船は比較的ゆるやかに不時着したのだから、不思議なことではない。それに、ハウリ人の高度な技術は以前のテラの先端技術と同じで、そうやすやすとさびつくものではなかった。

うかつなことはできない。誤ってなにかのスイッチを入れてしまうだけで、周辺の重力が変わったり、補助エンジンが火を噴いたりして、偉大なる母を警護するトロナハエに侵入が気づかれてしまう。

しかし、エイレーネも退屈しのぎにそのような調査をしているわけではない。でなければ、《クレイジー・ホース》の船長も、火器管制官兼シントロニクス・スペシャリストを同行させたりせず、単純に調査を禁じていただろう。だが、もし難破船の司令室の記憶領域が無事で、そこから情報を引きだすことができれば、いまからおよそ七百年前にハンガイ銀河の内と外でなにが起こったのかの詳細がわかり、銀河系船団の乗員と自由商人は問題の解決に大きく近づけるかもしれない。

ヘルメット・ランプの明るい光を照らして、エイレーネはスチール製の戸棚の瓦礫《がれき》を調べた。どうやら、宇宙服を収納していたようだ。いずれにせよ、数着分のハウリ人用宇宙服が散乱していた。

散乱しているのが宇宙服だけで、死者の痕跡は見つからなかったことに、ローダンの娘はほっと胸をなでおろした。瓦礫の背後に閉じた入口が見えた。

「中央司令室へつながっているのかもしれないわ」エイレーネは横に立ったトクルント人にいった。

そのためには、視線を下に向ける必要があった。というのも、かれの身長は四十センチメートルしかなかったからだ。ただし、横幅も同じぐらいなので、かなりたくましい印象をあたえる。その体型と〝ヤギ顔〟であることから、仲間たちは小ヤギを意味する〝ベックリン〟というニックネームで呼ぶことが多かった。そのことからも、エシュクラル・ノグヒム・ドラグスが人類ではないことがわかる。だが、人類と大きく異なっていたのは外見ではなく、むしろ代謝機能のほうだった。ただし、かれがマフェイ銀河1の沼地の惑星出身であることを知る者にとっては、それとて驚きではない。

「まちがいないでしょう」ベックリンがいった。「われわれはすでに、惑星表面下に突き刺さった船首部分にいますから。わたしに前をいかせてください。瓦礫の隙間を通り抜けて、入口が開くかどうか見てみます。開きそうになかったら、瓦礫をどかす意味がありませんから」

「わかったわ」エイレーネが道を譲ると、トクルント人がエイレーネの前にあった瓦礫の隙間を通り抜けていった。

コンパクトなからだのベックリンにとって、瓦礫のあいだを抜けることぐらい簡単だ。それに、体力も充分にあるので、道をふさぐものをどけることもできる。

数分後、トクルント人は入口の前に立っていた。

トクルント人が六つの関節がある真っ黒な両手でドアとフレームに触れる姿を、エイレーネは感心しながら見つめた。まるで、触れるだけで壁の内部をはしる電気系統やシントロニクスが〝死んでいる〟か、それともまだ動くのかを感じとれるかのようだ。ただし、エイレーネにも、ベックリンにそのような能力がないことはわかっていた。かれはセランの検出機能を手袋のセンサー・レセプターにつないだのだ。それにより、センサーが検出器として機能し、超微細なフィードバックも感知できる。

入口の両翼が突然別方向に動いた。女テラナーは一瞬ドキリとしたが、次の瞬間にはその動きがとまり、両翼のあいだには半メートルほどの隙間ができていた。

ベックリンのヘルメットが発する円錐形の光がその隙間を抜けて内部を照らす。トクルント人はいった。

「中央司令室です。ですが、あまり期待はできそうにありません。不時着の衝撃が直撃したようです。エイレーネ嬢、あなたは見ないほうがいいでしょう」

「死者は？」エイレーネが静かにたずねた。

「ミイラ化しています」ベックリンが答えた。「おそらく、司令室にいた全員が」

「わたしはこれまでもっとひどいものを見てきたわ」ローダンの娘がいった。「瓦礫をどかすのを、手伝ってちょうだい！」

＊

半時間後、エイレーネの前に道が開いていた。からだを横に向けて、トクルント人とともにハッチの隙間を通り抜ける。

内側が壊れたスクリーン、粉々になった成型シートとコンソール、宇宙服をきたまま瓦礫のあいだに不自然な形ではさまっているミイラ化したハウリ人を、ふたつの円錐形の光が照らした。

　エイレーネは数秒間目を閉じ、七百年ほど前にこの船首が惑星の地面に穴をうがったときのようすを思い描いた。すこしでも多くの仲間を救うために、最後の瞬間まで司令室にとどまりつづけたハウリ人のことを。かれらはみずからの命をなげうった。

　物音が聞こえたので、エイレーネはふたたび目を開けた。ベックリンがコンソールの上に乗り上げていた成型シートを、ものすごい力で持ち上げ、横に置いたのである。

　それにより、コンソールの一部がむきだしになった。船載ポジトロニクスの制御盤の一部のようだ。

「待って！」トクルント人がスイッチに触れようとしたのを見て、エイレーネが叫んだ。「わたしのほうがくわしいはずよ」

　エイレーネはエシュクラルがハウリ人の宇宙船にどの程度精通しているのか知らなかったが、自分自身はタルカン宇宙にいたころからくわしく知っていた。ベックリンはなんの疑いもなく、彼女の求めに従った。

　横に立った女テラナーは、インジケーターやスイッチ、表示類をつぶさに眺めた。当然ながら、すべては光を失っていた。墜落で電気が通じなくなったのか、船載ポジトロニクスが不時着後しばらくしてから、すべての機能を停止したのか。いずれにせよ、ある程度のエネルギーはまだ存在しているはずだ。でなければ、あのような形でドアが開くはずがない。

「室内照明」と、エイレーネはいって、小さなプレートを押した。

赤っぽい光がおぼろげに司令室を照らした。非常時用の照明だ。

「いったん停止したのだとしても、ふたたび起動するように」エイリーンは別のプレートをさしながら声に出して考えた。「船載ポジトロニクスに命令できるはず」

「不時着後、ポジトロニクスがなんらかの異常事態に陥ったことを察知して、ある程度の時間が経過するのを待ってみずから停止したのでしょう」ベックリンがいった。「もしそうなら、特定の命令コードをもちいることで、再起動できるはずです」

「そのコードがわからない」エイレーネがつづけた。「でも、そもそも、そのコードを受けとれるスタンバイ態勢には、移行させられるはずよ。コードのことは、そのあとで考えればいい」

「わかりました」ベックリンが答えて、スタンバイ・プレートを押した。

プレートが黄色く輝いた。同時に、透明なプレート板の下にいくつかの表示フィールドが明るく浮かび上がった。そのうちのひとつで、グリーンのシンボルが点滅しはじめた。

「命令コードの入力を求めているのね」エイレーネがつぶやいた。「高性能なシントロンが必要だわ。数秒で何百万とおりのビット配列を生成できるシントロンなら、ハウリの命令コードと同じ配列を見つけられるかもしれない」

「ですが、そのようなものをもってきていないいまのわれわれには、どうしようもありません」ベックリンが答えた。「船載ポジトロニクスはそのうちまた停止するでしょう。その前にコンピュータ・ログを使えれば……実際のところ、ポジトロニクスがアクティヴかどうかに関係なく、すくなくともログは情報を記録できるはずです。もしそうなら、うまくやれば情報を吐き出すように仕向けることができるかもしれません」そういいながら、細い形をしたスイッチを指さした。「これがコンピュータ・ログのスイッチですよね？」

「ええ」エイレーネがうなずいた。

トクルント人がそのスイッチを押す。

両者の驚いたことに、ハンゴル語の単語が聞こえたかと思うと、輝いていたインジケーターの一部がまた暗くなった。

代わりに、十二個の小さなボタンをもつ四角いフィールドが青く輝いた。

「これは？」ベックリンがいぶかしげな表情でボタンフィールドを見つめながらたずねた。

「こんなもの、わたしも見たことがないわ」エイレーネが答えた。「でも、ログのスイッチを押したことで明るくなったのだから、コンピュータ・ログと関係していると考えるしかないわね。正常のログ機能が働かないときのための予備のスイッチかしら」

「ありえますね」トクルント人がいった。

エイレーネはうなずき、試しに十二のスイッチのひとつを押してみた。スイッチは押しさげられた位置で動かなくなった。青い光が淡い白に変わる。それ以外はなにも起こらなかった。

「表示に変化はありません」ベックリンがいった。そこでもう一度、コンピュータ・ログのメインスイッチを押した。

インジケーターのいくつかがまた明るくなった。ベックリンがもう一度スイッチを押すと、インジケーターが暗くなり、またハンゴル語の声が聞こえてきた。

「さっきと同じ数字」エイレーネがいった。「ハンゴル語で、四、九、二、三、五。それだけ」

「白く光っているスイッチを押す順番かな？」トクルント人が考えを声に出した。

「かもしれないわ！」エイレーネがいった。

目の前にあるスイッチフィールドの左上を一とみなして、四つめ、九つめ、ふたつめ、三つめ、そして五つめのボタンを押してみる。最初に押したボタンとは違って、今回はどのボタンももとの位置に戻った。そのさい、四角いフィールドの白い光が揺らめいた。

「エネルギー不足だ」ベックリンがつぶやく。「エネルギーがたりていれば、まったく違う働きを見せるのでしょう。まあ、七百年もたっているのですから、エネルギー源が涸れていても不思議ではありません。今日はこのへんにしておきましょう、エイレーネ嬢」

エイレーネはうなずき、押しさげられたままの位置にある最初のボタンを、もとの位置に戻すためにもう一度押した。だが、ボタンは戻ってこなかった。女テラナーは何度も試みるが、ボタンはさがったままだ。四角いフィールドの白い輝きはさらに淡くなったが、一定していた。

「もういいでしょう！」トクルント人がいった。「そのままにしておきましょう。ここですこしぐらいエネルギーを消費しても、問題はないはずです。あしたまたやってみましょう！」

引っかかったままのスイッチをもう一度眺めてから、エイレーネは不思議そうな表情でベックリンに従った。

両者は難破船を出た。船は大きな聖堂のようなドーム状の建物で囲まれていて、ドームには五本の回廊があり、床には深紅色の絨毯《じゅうたん》が敷き詰められている。ある時間帯になると、トロナハエの巡礼者でごった返す。

しかし、いま、その聖域にはだれもいない。ドームの外、銅メッキを施した門の横で、マスクをかぶり、クロスボウで武装した二名のトロナハエが警備をしているだけだ。

この二名の砂漠の息子たちは侵入者の存在に気づかなかった。ベックリンとエイレーネは安全な距離からドームの下につなげた小さなトンネルを使って聖域を出たからだ。トンネルを抜けたエイレーネらはデフレクター・フィールドで不可視化してあったグライダーに乗りこみ、音もなく南東へ飛んだ。バス＝テトのイルナが〝魂の抜けた〟からだに戻ってくるのを待っている《クレイジー・ホース》がある高台へ。

そのときはまだ、ブガクリスに大きな変化が訪れようとしていることに、だれひとり気づいていなかった……

2

「ゲストのようすは?」船長のリオン・ウィングが《クレイジー・ホース》の司令室に戻ってきたハワード・レスターにたずねた。

医師のレスターは開いていた成型シートに腰かけ、二百メートル級巡航船の周囲のようすをうつしだしている全周スクリーンの画面に目を向けた。

岩がむきだしの深い渓谷は、すりガラスの鐘のように卓状山地をおおう何層にも積み重なった雲の下にあった。その渓谷の麓《ふもと》に、異人の秘密基地につながる隠れた入口がある。恒星サンドラは、弱々しく輝くハローに囲まれた淡い光として、天頂近くにあった。ハワード・レスターは、本業は医師でありながら、これまでもずっと惑星物理学、特に惑星の気象学に関心があったが、この日、NGZ一一四四年五月十一日の気候にはほとんど注意をはらっていなかった。

二カ月前に渓谷の端にできた深いクレーターをぼんやりと見つめる。そのクレーターは、秘密基地の下にあるなにかが、秘密が暴《あば》かれるのを防ぐために、地下深くに隠された施設を破壊したときに生じたものだ。

問題の深刻化につながる合併症がなければ、医師であるレスターにとってはどれほど喜ばしいことだっただろう。

バス＝テトのイルナはパララクサムの自爆システムが起動したとき、自分の体内にはおらず、ペドトランスファーを通じて、秘密基地の奥深くに侵入していた。彼女が秘密基地を支配する分子脳と呼んだ、いわゆるパララクサムのÜBSEF定数を引きつぐためだ。

すべてが爆発に巻きこまれる前に、アコン人に付き添っていた仲間がイルナを上層へ避難させることには成功したが、ヌリア・ガイ・ツァヒディ、カーシャム・タル、そしてトクルント人のエシュクラル・ノグヒム・ドラグスに救出できたのはイルナのからだだけで、彼女の意識は爆発が起きた場所にとどまりつづけた。

仲間はいまも、彼女の意識がパララクサムのÜBSEF定数内に閉じこめられていると信じている。

しかし、ハワード・レスターは、イルナ自身がパララクサムのÜBSEF定数を引きつぐ意図があると宣言していたため、みんながそう思いこんでしまっているだけだと確信していた。

イルナがそれに成功したのかどうか、だれにもわからなかった。それに、たとえ成功したのだとしても、パララクサムが爆発してみずからを破壊したさいに、イルナの意識も巻き添えをくらってからだに戻れなくなったのかもしれない。

この場合、バス＝テトのイルナはもう二度と戻ってこないだろう。

ただし、仲間たちにはただひとつだけ、希望の光が見えていた。

イルナのからだの生理機能が二カ月たっても変化しなかったのだ。非常に安定していて、ペドトランスファーによって意識を別の意識に潜りこませたにしては、あるいは意識がゼロ夢の状態で空間と時間をさまよっているにしては、とても正常だった。

とはいえ、バス＝テトのイルナはもともとペドトランスファー能力者として秀でていて、意識が去ったあとでもからだが細胞の塊りにならないのも事実だ。彼女のからだはいつもその形を保ちつづけ、〝意識がない〟という以外の変化を示したことはなかった。そのため、彼女の意識がほかのからだに入りこんだときに、彼女自身のからだにどんな変化があるのか、だれにも予想がつかなかった。

はじめのうち、ドクター・ハワード・レスターは、もしイルナの意識がもはや存在していないのなら、彼女のからだには時間とともに腐敗の兆《きざ》しがあらわれるものと確信していた。それを理由に、《クレイジー・ホース》の幹部たちに、惑星ブガクリスに残り、イルナの意識が戻ってくるのを待つべきだと説得することにも成功したのである。

しかし、そうこうするうちに、確信がもてなくなってきた。いつか自分の考えがまちがいであったと認めなければならない日がくるかもしれない。

そうなれば、《クレイジー・ホース》の乗員はこの惑星を飛び立ち、惑星フェニックスへ帰還しようとするだろう。なぜなら、かれらは自由商人のメンバーだからだ。組織はいま、異種族の力により閉ざされてしまった故郷銀河への道を探そうと、命がけの戦いをつづけている。

その目的を達成するために、かれらひとりひとりの力が必要とされている。かれらをこの惑星ブガクリスに引きとめているのは、バス＝テトのイルナがアトランの、あのだれもが権威を認め、そのカリスマ性に魅せられているアルコン人のパートナーであるからこそだ。

しかし、アトランのパートナーがもう決して戻らないことがわかれば……

「質問に答えてほしいものだな、ハワード」リオン・ウィングがいらだたしげにいった。

医師は目をこすった。

「すまない、すこし疲れているんだ」と、言いわけする。「心配いらない。イルナが統合されているサイブ・システムのコントロールは、依然として正常で、完全に安定した身体機能を示している。意識が戻れば、問題なく活動できるだろう」

「〝もしも〟戻ってきたら、でしょう」火星人航法士のカーシャム・タルが口をはさんだ。かれはイルナの意識が戻ってくるとは思っていないのだ。

「イルナの意識はまだかならず存在している」ハワード・レスターが自分でも意図せず語気を強めた。「もうすぐ戻ってくると思うぞ」絶望を隠すために嘘をつく。

そして半径一キロメートル以内に肉体がなければ、彼女の意識は完全に失われてしまうかもしれない！　と、頭のなかで付け加える。なぜなら、およそ一年前の秘密基地での最初の戦いのさい、特殊スーツとともにそこに含まれていたプシトロン増幅装置が破壊されたため、彼女のペド能力は、すくなくともペドトランスファー能力に関しては、有効範囲が光年単位ではなく、一キロメートルほどにまで縮まったのだから。

「わたしも」ヌリア・ガイ・ツァヒディがいった。「もうすぐなにか起こりそうな予感がします」

「そろそろなにか起こってもらわなければ困る」オクストーン人船長がうなり、シートごと二十度ほど向きを変えた。探知スクリーンになにかがうつったからだ。「ほら、調査に出ていたエイレーネとベックリンが戻ってきたぞ。難破船でなにが見つかったか、報告を聞くのが楽しみだ」

＊

数分後、女テラナーとトクルント人が報告を終えた。

「要するに、非常に近い将来、コンピュータ・ログの情報が手に入る可能性は低くないということ」エイレーネがまとめた。「いずれにせよ、そのためのスイッチは見つけたわ」

「わたしも同感です」エシュクラル・ノグヒム・ドラグスがうなずきながら、ヌリア・ガイ・ツァヒディが差しだした温かいキノコスープの入った皿をうれしそうに受けとった。「まだ見つかっていませんが、次回は非常用電源を稼働できるかもしれません。いまのところ、最大の問題はエネルギー不足です。あのハウリの船は七百年にわたってエネルギーが供給されてこなかったのですから、当然といえば当然ですが」

「だが、きみたちがスイッチを押しっぱなしで戻ってきたのはまずかったと思うな」リオン・ウィングが指摘した。

エイレーネは、マランダ・シンから受けとったコーヒーを口に含んでいった。

「じゃ、どうすればよかったの、リオン？　ボタンが動かなくなったのよ。たぶん、残っているエネルギーがすくなすぎて、押し戻されなかったのよ。それほどエネルギーがすくないんだから、押しっぱなしでもなんの影響もないはず。もしそうでないなら、ベックリンとわたしが気づいたはずだわ」

「そのとおりです」ベックリンがいった。「この点については、心配する必要はないでしょう」

「ションク・ラヒーはまだ船にいるの？」コーヒーをごくりと飲んでからエイレーネが

たずねた。

ションク・ラヒーはトロナハエのリーダーであるロク・ラヒーの末弟で、砂漠都市メテモア在住の医師の弟子のような存在だ。自由商人に対してとてもオープンで、知的好奇心にあふれている。だからこそ、ドクター・ハワード・レスターはメテモアを訪問したさいにションクを《クレイジー・ホース》に連れてきて、簡単な治療法や衛生管理について慎重に教えてきたのである。

同時に、ションクからブガクリスのさまざまな植物とその薬草としての利用法、あるいはかれらがもちいる単純な外科療法について貴重な情報を得ることもできた。その効果は古代のテラでもちいられていた鍼療法に似ている。

ハワードの眠そうな顔にうっすらと笑みが浮かんだ。

「看護師のリトラがションクに凍傷の救急治療法を教えているよ」

エイレーネがほほえみ返す。

「けがとかしなきゃいいけど」と、いう。

そういうのには理由がある。リトラは女エプサル人なので、怪力の持ち主なのだ。実際には看護師ではなく、《クレイジー・ホース》の格納庫担当なのだが、その任務に追加する形で救急救命士としての訓練も受けていた。見知らぬ者は彼女のことを豪快な女性とみなすが、その一見豪快な外見の奥には柔らかい心が隠れている。

「ションクがばかなことをしないかぎりは大丈夫だろう」ハワードが応じた。

それが合言葉だったかのように、司令室のメイン隔壁が開き、リトラが入ってきた。その背後に黄白色のフード付きマントをはおった背の高い痩《や》せたハウリ人を引き連れている。

エプサル人は船長の前に立ち、おや指で自分のうしろをさした。

「リオン、こいつを里に帰すべきです」いつものように、豪快な口ぶりだ。「この医学の徒弟は突然ホームシックにかかったようで」

「腹痛じゃなくてか？」オクストーン人が問い返した。「きみがかれを相手に人工呼吸の練習をしたのではないのか？」

「ばかなことはいわないでください」リトラが親しみをこめた声でいった。「そんなことをしたら、かれはいまごろこんなにガリガリではなくて、空気で膨《ふく》らませたカエルのようになっていますよ」

「故郷へ戻りたいのなら、もちろん送り届けてあげよう」ハワード・レスターがそういって、トロナハエのションク・ラヒーに歩み寄った。そして、その顔を眺めてから、表現力に富む色の濃い瞳を見つめた。「ションク、きみはなにかを案じているように見える」ハワードがいった。「わたしに話してくれないか？」

親しくなれた唯一の自由商人に声をかけられたことで、トロナハエはすこし肩の力を抜いた。

「お話ししたいのはやまやまですが」ションクは説明した。「なにが不安なのか、自分でもわからないのです。でも、すぐにでも家に帰らなければならないのは確かなんです。事故かなにかがあったのかもしれません。われわれトロナハエは、自分がその場にいなくても、敏感に察することがあるのです」

「われわれ人類も同じだよ」医師が答えた。「船長が反対でないのなら、わたしがグライダーできみをメテモアまで送ろう」

「わたしなら異論ない。ハウイー」リオン・ウィングがいった。「だが、きみがもう船を去るのは残念だ」船長はトロナハエに向きなおっていった。「しかし、われわれがふたたび星の世界へと旅立つ前に、きっともう一度会えるだろう。きみの兄によろしく伝えてくれ、ションク！」

「喜んで」ションク・ラヒーが答えた。「船長、これまでのおもてなし、ありがとうございました」

レスターがションクの肩に手を置き、司令室の外へといざなった。隔壁の前で、レスターはもう一度振り返り、船長に向けて、メテモアに着いたらこのトロナハエが突然ホームシックになった理由を見つけだすと、目で合図した。

千年のときでさえ、一日のようなものだった。物質の力が消えたことで、時間という拘束からも解きはなたれた。

＊

さらば、アムン＝シタイ！　意識が何千年前、あるいは永遠の過去に囚われた場所へ戻ったとき、バス＝テトのイルナは考えた。

分子脳にじゃまされることなくパララクサムのÜBSEF定数を支配できる六次元の無限ループに戻ったときに。

しかし、この女アコン人には、パララクサムのÜBSEF定数を支配するつもりなどなかった。その必要がないことがわかったからだ。なぜなら、パララクサムは彼女の敵でも、《クレイジー・ホース》にいる仲間の敵でも、ブガクリスに生きる知的生命体三種族の敵でもなかったのだから。遠い過去にパララクサムに追加され、彼女に対する敵対的な反応を引き起こしたものは、もう存在しない。

六次元の無限ループは、イルナにみずからのからだへの帰還を可能にする、ただの中継地点だ。イルナは自分のからだが仲間によって保護されていることを、そしてかれらが《クレイジー・ホース》もろとも、惑星ブガクリスでまだ自分の帰還を待っていることを望んだ。

その意識が無限ループに入りこんだとき、深い幸福感が女アコン人を満たした。

しかし、同時に、氷のように冷たい恐怖にも襲われた。これまでの苦しい旅の最中に、あるいはまさにいま、無限ループの六次元構造に重大な変化が生じたからだ。

その深刻な変化により、無限ループは中継地点ではなくなり、意識の監獄になってしまった。そこに囚われた意識は、ゼロ夢からゼロ夢を、永遠から永遠を、たださまよいつづける。いつか幸運な偶然が訪れ、意識が消えてなくなるまで。

イルナは、外部からの介入によって無限ループが変化したと感じた。しかし、抵抗することはできなかった。正気を失いかけた朦朧《もうろう》とした状態で、イルナは《カルミナ》の司令室を夢見た。そこではアトランが故郷銀河とほかの宇宙を隔てるクロノパルス壁をかつてのネット船で打ち破ろうとしていた……

3

ヌリア・ガイ・ツァヒディは考えこんだ。

ほんの十分ほど前、そろそろなにかが起こりそうな気がするといったが、確信はまったくなかった。それなのに仲間たちがその言葉を信じたのは、これまで何度かヌリアの予感が的中したからだ。そのため、彼女のことを予知能力者あるいは透視能力者と考える者もすくなくない。ヌリア本人は自分の予感の強さを、何千年か前の祖先が自然の脅威から身を守るために、あるいは水や食糧を見つけるために自然と身につけた本能が、遺伝を通じて例外的に強く継承されてきたものだとみなしていた。

しかし、今回の予感は違う。なにか不自然なことが起こっていると、ぼんやりと感じる程度でしかなかった。ただし、みずから感じたその〝不自然さ〟をうまく説明することはできない。

それがバス＝テトのイルナの意識と関係しているのかどうかさえ、まったくわからなかった。仲間に向けて、イルナと関係しているかのようにほのめかしたのは、単純にハワード・レスターをサポートしたかったからだ。

落ち着きを失った若いトロナハエが、なにか悪いことが起こった気がするので故郷へ戻りたいと申し出たとき、ヌリアは奇妙な感覚に包まれた。突然、自分とションク・ラヒーの予感が、まったく同じ源からきているように感じられたのだ。

トロナハエたちになんらかの危険が迫っているのだろうか？　ハウリの子孫たちの存在を脅かす事態は、数多く存在する。この惑星ブガクリスはかれらの故郷ではない。この惑星とともに進化してきたわけではないのだ。ブガクリスで生まれ育ってきた生物なら対応できるような変化でさえ、トロナハエたちには生死にかかわる問題になりかねない。

サン人の女性はハワード・レスターとあのトロナハエの若者を乗せた搭載艇が《クレイジー・ホース》からスタートし、谷のほうへ消えていくのを眺めた。

もしかすると、あの医師が説明しようのない感覚に対する答えをもってかえってくるかもしれない。砂漠の息子たちは星の旅人たちとのあいだに一定の距離を置こうとはするものの、基本的には信頼しているので、なかでも特に慕われているハワードがいけば、きっとかれらのほうから、どんな問題が生じているのか、くわしく教えてくれるだろう。

問題はむしろ、トロナハエたちが深刻な問題の発生に気づいているかどうかだ。

この点、ヌリアには見当もつかなかった。それでも、いやな予感だけがどんどん強くなる。すくなくとも自分を落ち着けるために、ヌリアはなにかをせずにはいられなかった。

おもむろに立ち上がった。

「探知センターへいってきます」と、ブガクリスにいる長い滞在時間を有効に使うためにコンピュータの学習プログラムに意識を向けていた船長にいった。「ゾンデの定期点検がしたいので」

「なにかおもしろいものが見つかるといいな」リオン・ウィングが応じると、ヌリアは笑みを返して司令室を出た。

いつまで待てばいいの！　探知センターへ向かいながら、ヌリアは考えた。《クレイジー・ホース》はイルナの意識があると思われる場所の近くを離れるわけにはいかなかった。そのため、乗員は全員、することがない。不可欠な監視やメンテナンスのすべてが、自動で行なわれるからだ。トロナハエと山の民と海の悪魔の発展を可能なかぎり静観し、自然には絶対に手を加えないという基本方針があったため、巡航船の乗員にできることといえば、コンピュータ・プログラムを使ったスキルアップや、スポーツによる健康管理、あとは船内で目的もなくたむろするぐらいだった。そんな生活が二カ月もつづいていた。

おそらくいままでは、男女を問わず船内のだれもが、退屈な日常を打ち破る出来ごとが起こるのを、心待ちにしているだろう。

ヌリアもそのひとりだった。だが突然、日常を打ち破る出来ごとが大惨事につながる予感がして怖くなった。船内の多くの乗員とは違って、ヌリアはブガクリスのあるサンドラ星系がハンガイ銀河に属すること、そしてハンガイ銀河は何十億年もの期間、別の宇宙、つまりタルカン宇宙に属していたことを忘れてはいない。タルカン宇宙ではじまっていたなにかが、いまになって実を結ぼうとしているのかもしれないではないか。

その果実はハンガイ銀河にとって有利に働くかもしれないが、おぞましい不幸を呼び寄せる可能性もある。

ヌリアは首を横に振った。

物事を悪く考えすぎかもしれないと思った。ハンガイ銀河がこの通常宇宙にやってきてからすでに七百年ほどがたつが、これまで本当に危険なものなどなにも生みだしてこなかったではないか。奴隷狩りや海賊はものの数に入らない。そんなもの、ハンガイにかぎらず、いつだって、どこにでもあるものなのだから。七百年たったいまになってハンガイが〝最悪の〟大惨事をもたらすと考える理由などない！

ヌリアは《クレイジー・ホース》がブガクリスの地表を常時観察するために惑星のさまざまな軌道に送りだした、サッカーボールほどの大きさの多機能監視衛星、いわば《クレイジー・ホース》の〝目〟の制御パネルの前にある成型シートにすわった。

ヌリアがいくつかのスイッチをいじると、一枚の壁の全面がスクリーンに変わった。スクリーンには惑星表面の一部がうつしだされていた。トロナハエたちが暮らし、遊牧を行ない、砂漠の船で狩りに出ている領域だ。

女性エンジニアは首都メテモアのずんぐりしたドーム状の建築物を、丸い谷にうずくまる小さな村々を、そして、人の住む唯一の大陸に広がる砂漠を精巧なヨットでたくみに疾走する砂漠の船乗りを見た。多くの地域を暴風と雷雨が襲い、広い地域が砂埃《ぼこり》や砂の雲におおわれていた。

そうした気象条件は観察の妨げにはならなかった。というのも、衛星には通常の光学システムだけでなく、マイクロ波探知機など、ほかの仕組みの探査法や赤外線システムなども搭載されているからだ。

およそ十五分後、トロナハエたちの生活はいつもと変わらず、竜巻、あるいは〝殺し屋クラーケン〟などの怪獣以外の脅威が差し迫っている兆候がどこにもないことが確信できた。

ヌリアは安堵した。

いやな予感はただの思いこみだったようだ。

なら、あのトロナハエの若者の予感は？

それも思いこみだったにちがいない！　ヌリア・ガイ・ツァヒディはそう考えた。

しかし、几帳面《きちょうめん》なヌリアには、それで満足することはできなかった。二名が同時になんらかの危機を予感した。それを単純になかったことにするのは、自分を否定することにつながる。

だから、もうすこし調査をつづけることにした。

卓状山地の記録映像を再生すると、テーベ級の搭載船でブガクリスに不時着した《バジス》の乗員の子孫である山の民の居住地がうつしだされた。

山の民は新しい環境の影響で身長が低くなり、寿命も短くなったが、それ以外の点ではなにひとつ退行の兆候を見せず、高山の安全な場所に家を建て、小さい集落をつくって暮らしていた。夏には段々畑で穀物や野菜を育て、ラマに似た草食動物で山登りが得意なクイモンの群れを放牧した。

ヌリアの目には、かれらはいつもと変わらぬ生活をしているように見えた。そこかしこで、原始的な鉄鋼生産で生じる煙が山の斜面をのぼっていた。山の民は、炉を木炭と鉱石で満たして、まだ固まっていない溶鋼をとりだす。

女性エンジニアはケーブルカーの客室も見たし、ハンググライダーで長距離を移動し、ときには上昇気流を利用して山を越える山の民たちも観察した。

ほかの山の民は家畜の群れのそばにいた。畑には雪が積もっていて人影はなかった。いたって平穏な風景だった。

ところがしばらくしたとき、ヌリアはふと疑問に感じた。卓状山地の山間部では、そのような深い平穏こそが異例の事態なのだ。山地には百種類を超えるドラゴンがすんでいて、家畜のむれを、人間を、あるいは集落そのものを襲わない日など、一日もなかった。

それが今日は違う。山間を滑空するドラゴンさえ、平和だった。獰猛《どうもう》なことで恐れられている〝殺し屋陛下〟でさえ、ただおとなしく飛んでいる。先史時代の地球に生きていた翼竜に似ていて、両翼を広げると二十メートルにも達するのだが、上昇気流に乗って旋回しているそのような巨竜の数も今日はごくわずかでしかなかった。

ふだんの卓状山地では、考えられない情景だ。

例外的な日もあるということか？　ヌリアは考えた。それに、この平穏な風景を脅威とみなすわけにもいかない。

ヌリア・ガイ・ツァヒディはシートにもたれかかり、自分は物事を悪く考えすぎだと思った。きっと、ブガクリスで退屈な日が長くつづいているため、火のないところに煙を見ようとしているのだろう。

それだけではない。

ほかのホモ・サピエンス、とりわけ地球生まれの人類と同じで、ヌリアもまた、地球とその運命に強い絆《きずな》を感じていた。連絡したり戻ったりできる可能性があるかぎり、テラから何年離れても問題はない。しかし、銀河系の遮断によってその可能性が奪われてしまった。ヌリアは根無し草になってしまった。

「精神的に病んじゃいそう」ヌリアは暗い顔でつぶやいた。

そのとき、赤道の砂漠地帯をうつしだすモニターがたまたま視界に入った。その瞬間、ヌリアは全身が硬直した。

ほんのすこしではあるが、映像に異変が生じたのだ。

三つや四つ、あるいは十のトロナハエ集落に、同時に砂漠の船が帰路についたのなら、まだふつうと呼べたかもしれない。しかし、すべての船が同時にそれぞれの集落をめざすというのも、集落にいる人々が突然まるで毎年恒例の大競技会が開催されているかのように、屋外で活発な活動を見せはじめたのも、どちらもふつうにはほど遠い現象だった。

実際のところ、ブガクリスの一年は標準年にして二年に相当する。最後の競技会は標準年にして一年前に開催されたので、次の競技会は一標準年後のはずだ。

つまり、いまトロナハエたちがまるで巣をつつかれたアリのように色めき立っているのには、別の深刻な理由があるということだ。

それはなんだ？

モニターにうつしだされているのはいまの結果だけであって、原因ではない。そして、原因と思われることはなにひとつとしてうつっていなかった。

それでもなにか原因があるはずだ。原因のない結果などありえない。

ヌリアはインターカムを起動し、エイレーネに呼びかけた。基本的にはたった一名の相手だけだったとはいえ、エイレーネだけが山の民と接触したことがある。だから《クレイジー・ホース》の乗員のなかで、エイレーネがもっともブガクリスにくわしいと考えてまちがいないだろう。彼女なら、トロナハエたちが示すこの突然の活動を説明できるかもしれない。彼女の説明を聞いて、この変化には害がないことが確認できればいいのだが。

インターカムの画面に、ベックリンの顔がうつった。

「エイレーネを探しているんだね、ヌリア嬢？」ベックリンがたずねた。「いま気づいたんだけど、彼女は船内にいないようだ。ちょっと待って。アクスがシントロンから情報を得たみたい」

「理由はわからないが、エイレーネは船を降りたようだ」自由商人から〝アクス〟とも呼ばれる船長の声が聞こえてきた。この場合のアクスは〝死刑執行人の斧〟のことで、かれが海賊と奴隷狩りを探しだして処罰した過去と関係しているらしい。

「歩いてですか？」ヌリアがたずねた。

「ああ」リオンが答える。「だが、グラヴォ・パックは使っている」

ないのだろう。


「目的地はいわなかったのですね」ヌリアが問いかけた。

「いわなかった」船長が答えた。

女性エンジニアは礼をいい、ふたたびモニターに注目した。あらたな動きは確認できない。トロナハエたちさえふだんどおりであれば、ヌリアもきっとまた安心できたことだろう。

およそ二十分後、ヌリアはモニターのスイッチを切り、司令室に戻った。

「リオン、お話ししたいことが」と、船長に話しかける。

そのとき、ベックリンが席にいないことに気づいた。それがなぜか、頭のなかでエイレーネとつながる。

「ベックリンはどこへ?」ヌリアはたずねた。

「エイレーネを探しにいった」オクストーン人船長が答えた。「ベックリンは彼女が偉大なる母へ向かったと考えているようだ」

「そう考えただけですか?」ヌリアはいやな予感がした。「それならミニカムでたずねればすむ話でしょうに」

「ああ、彼女が返事をしたならな。だが、返事がなかったんだ」リオン・ウィングが説明した。「だからわたしがあの〝ヤギ顔〟にグライダーをもたせたんだ。なにかばかなことをしでかす前に、エイレーネを連れ戻せといってね」

「もうばかなことをしでかしたのかもしれません」アフロテラナーの女性がいった。

「わたしにも、グライダーの使用許可を。エイレーネを探しにいきます」

「だめだ」リオンが否定した。「エイレーネをとめるだれかは必要だろう。だが、それはグライダーを駆る一名で充分だ。ベックリンに任せておけ」

「ですが、そこをなんとか、グライダーを使わせてください！」ヌリアはくいさがった。

「このまま船内にいても、することがありませんので」

「緊急警戒態勢を敷いたいま、それは認められない」船長がいった。

「警戒態勢？」女性エンジニアがくりかえした。「なぜそのようなことを？」

「わたしの左目がかゆいのだよ」リオンが静かにいった。「わたしの左目がかゆくなると、いつも問題が発生する」

無意識のうちに、ヌリアは目も含めて左半分が人工合成されている船長の顔をまじまじと見つめた。

だが、心に浮かんだ疑問は口に出さなかった。しかし、自分のいやな予感が今回も的中したことを悟り、寒気《さむけ》がした。

惑星ブガクリスのこの大陸に、なにか不吉なことが起ころうとしている。

ヌリアは突然怖くなった……

4

「船影発見!」十三隻のドラゴン船からなる船団をリードし、帆に第一トッガーレのクン＝リーの紋章を掲げる船の見張り台からトムラーデが叫んだ。

大きく足を広げて〝ブリッジ〟に立ち、腕を胸の前で組み、ベージュ色のブラッシュ＝アールをはためかせ、ベージュ色のターバンを小さな頭にのせ、鼻と口を黒いベールで包んだクン＝リーが叫び返した。

「どんな船だ、テテク?」

「どっかのサシュののろまな砂漠の船です」テテクが答えた。その声には軽蔑が含まれていた。「その一隻だけです、トッガーレ＝ホ」

次の瞬間には、クン＝リーがすぐ横に立っていた。猫のようにしなやかかつ静かに、クン＝リーは縄梯子《ばしご》をのぼって見張り台にやってきたのである。

低い位置にある赤黄色の恒星の光から目を守るために手をかざす。

たくさんの頑丈そうなブレードで砂に浮いて砂漠を滑走している幅広の帆船が見えた。

そのずんぐりした形態から、プトラナイの細くて高速のドラゴン船ではないことは明らかだった。

「サシュ・メテモアの狩猟船か」クン＝リーがつぶやいた。「帰還中だな。船側には最大で十のワーグニ桶。つまり、狩りを途中でやめたのだ」

そして叫んだ。

「ドラゴン＝オゴール、ドラゴン＝ルグール、攻撃態勢に入れ。左舷にまわりこむぞ！」

下で一名のトムラーデが一連のシグナルフラッグを掲げて、ドラゴン＝ルグールに命令を伝えた。

ほかのトムラーデたちはドラゴン＝オゴールとドラゴン＝ルグールを回頭させ、マスト破壊槌や鉤付きロープなどの準備をはじめる。両ドラゴン船が方向転換をして狩猟船に近づいていく一方で、プトラナイのほかの十一隻は両船から離れすぎることがないように帆走した。

クン＝リーは見張り台の上でブラッシュ＝アールの上から幅広のベルトを締め、そこに一名のトムラーデから受けとった短剣を差しこみ、さらには諸刃《もろは》の戦闘斧を手にとった。そして最後に丸盾の把手《とって》部分に左腕を突っこむ。

燃えるようなまなざしで狩猟船を見つめた。獲物を見つめる自分に、えもいわれぬ誇りを感じる。無意識のうちに視線をさげ、船首を力強く飾る真っ赤なドラゴンの頭蓋骨を、数秒のあいだじっと見つめた。

それは木彫りの像ではない。ブガクリスに生きる最大の飛竜である殺し屋陛下の本物の頭蓋骨だ。しかもクン＝リーみずからが、一対一の対決でしとめた獲物である。この頭蓋骨が理由で、プトラナイの船はドラゴン船と呼ばれるようになった。

トロナハエの部族のうち、プトラナイだけが戦闘的な生活をつづけ、本当に自由に生きている。ドラゴンの頭蓋骨は、そのプトラナイの勇気と力強さの象徴なのだ。プトラナイは農業も畜産もしない。砂漠を〝支配〟する。トッガーレ＝ホを頂点とする貴族階級のトッガーレが支配者層を形成し、戦闘員として使役《しえき》されるトムラーデたちが赤道をはさんだ南北領域を縦横に活動していた。

だが、いわゆる戦争はしなくなった。というのも、かつてかれらから見れば軟弱者の別のトロナハエ部族がプトラナイに対して反抗して独自の戦士を育てたせいで、プトラナイの人口が減ってしまったからだ。そのため、いまではトロナハエの集落がつくる農民や職人から貢ぎ物を受けとるだけで満足するようになった。その見返りに、獰猛な殺し屋クラーケンからかれらを守り、砂漠を渡ろうとする交易キャラバンを数々の危険から保護している。

ただし、だれにも見られていないことが確かなときは、孤立した船や小さな船団を襲うこともあった。積荷を奪い、船を解体し、生き残ったトロナハエが忠誠を誓ったときには仲間に加える。そのような形での編入は不可欠でもあった。なぜなら、原因不明の理由で、プトラナイ同士の婚姻から子供が生まれることがどんどん減っていたからだ。

クン＝リーの表情が暗くなった。

心の奥底で、このままいけばプトラナイが絶滅してしまうかもしれない、あるいはあまりにも多くのトロナハエを迎え入れたことで部族が衰退するかもしれないという思いが膨らんだからだ。

だから偉大なる母にプトラナイを守るよう願うことにした。

偉大なる母よ！

偉大なる母こそが、プトラナイに属するおよそ五百名全員が十三隻の船に乗って移動していた理由である。船団は偉大なる母をめざしていた。シャーマンが、偉大なる母に危機が迫っていると告げたからだ。

クン＝リーには、そもそも偉大なる母に危機が迫るなどありえないと思った。それでも部族を母のもとに導くことにした。そうやって誠意を見せることで、母がプトラナイから不妊の呪いを解いてくれるかもしれない。

この意味では、いま狩猟船に出くわしたのはタイミングが悪かった。船団の移動がはばまれてしまう。しかし、トッガーレ＝ホが獲物を捕らえるチャンスをみすみす見逃すことなど、あってはならない。そんなことをしては、トムラーデたちからの尊敬が失われてしまう。

クン＝リーはあらたな命令を発した。

ドラゴン＝オゴールとドラゴン＝ルグールは間隔を広げ、進行方向を変えようとする狩猟船をはさみこんだ。

すぐにマスト破壊槌を作動させる。その鉄球が狩猟船を襲い、マストを砕いた。帆が落下して、狩猟船は武器が使えなくなった。

二隻のドラゴン船が狩猟船を左右からはさみ、鉤付きロープを投入してつなぎとめ、距離を縮めた。

大声を発しながらクン＝リーがロープをつかみ、狩猟船へと飛び渡ると、両ドラゴン船のトッガーレとトムラーデたちがそのあとにつづいて、嬉々《きき》として戦闘をはじめた。

狩猟船のトロナハエたちも抵抗はしたが、よく訓練された戦い上手のプトラナイたちに対してはなすすべもなかった。数分後には決着がついていた。

物品や毛皮が積み替えられ、捕虜が甲板《かんぱん》下に集められていたころ、クン＝リーは負傷した狩猟船の船長を連れてこさせた。

「なぜ狩猟を途中でやめたのだ？」クン＝リーはたずねた。

トロナハエは反抗的でありながら混乱した目でにらみ返した。

「おまえたちには偉大なる母の声が聞こえなかったのか？」が、答えだった。「いや、おまえたちも聞いたにちがいない。聞いたから、偉大なる母のほうへ舵を切ったのだろう」

クン＝リーは目を細めた。

「偉大なる母がおまえらを呼んだというのか？　だが、おまえらは偉大なる母ではなく、メテモアに向かっていたではないか」

「まずは村に戻って、ほかのトロナハエたちに偉大なる母の呼びかけについて伝えようと思ったのだ。かれらも同じ声を聞いたとはかぎらないからな」捕虜は答えた。

「そうなれば、もうすぐ全トロナハエが偉大なる母のもとへ向かうことになる」クン＝リーは捕虜に向けてではなく、自分にいい聞かせた。「いちばん乗りするには、急がねばならん」

二名のトムラーデに捕虜を拘束して甲板下に連れていくよう指示し、ほかの部下たちには、戦利品を積み替え終えたら狩猟船はそのまま放置して、すぐに移動を再開するよう命じた。

「むだにできる時間はない！」そう付け加えて、偉大なる母のドームがある南東の方角へ目を向けた。

エシュクラル・ノグヒム・ドラグスはメテモアの南でエイレーネを見つけた。ローダンの娘はグラヴォ・パックを駆使して砂漠の上を北西へ向かって飛んでいたが、その進路は蛇行していた。強烈な冷たい北風が吹いて、エイレーネが直進するのをさまたげていたからだ。エイレーネにとっては幸いなことに、この地域には半メートルの高さを超える砂丘はない。もっと上空を飛ばなければならないとすれば、飛行はさらに困難になるだろう。

トクルント人はグライダーのヘッドライトをともした。あたりはすでに夜だったし、エイレーネに自分の接近を知ってもらいたかったからだ。エイレーネを追い越し、弧を描いて彼女の前に出た。

そしてもう一度、遠隔通信とミニカムを通じて声をかけてみる。しかし、これまでの数十回と同じで、今回もつながらなかった。

そこでベックリンは、外部スピーカーを使ってみることにした。エイレーネはセランを閉じてはいたが、パラトロン・バリアは起動していなかったので、外部スピーカーの音が聞こえるはずだと考えたのだ。

彼女が通信機だけでなく外部マイクも切っていたら、また別の方法を考えなければならない。

ベックリンは、エイレーネにいったいなにがあったのかと自問した。とはいっても、それほど強く心配していたわけでもない。ペリー・ローダンとゲシールの娘には、おそらく母親から受け継いだ性格だろう、ときどき他人には理解できない行動をとることがある事実を知っていたからだ。

ゲシールこそ、コスモクラートの権化《ごんげ》だ！

エシュクラル・ノグヒム・ドラグスは寒気がした。理性の分析をつかさどる部分が、ゲシールはコスモクラートの権化ではありえないといっていた。あまりにも多くの点が、その考え方を否定している。とくに、明らかにホモ・サピエンスに属するテラナーのペリー・ローダンとのあいだに子をもうけたという事実が、その最たるものだ。

科学的に見て、ヒューマノイドの遺伝子とコスモクラートの遺伝子からは、当然ながら、人間の子、人間の遺伝子とはまったく異なるなにかが生じるはずだ。

しかし、経験豊かなトクルント人は、テラナーも、アルコン人も、アコン人も、そのほかの慣れ親しんだ文明も、いまだに科学という点においては、背後に潜む本質よりも表面的な現実と事実のほうに関心があることを知っていた。宇宙の秘密のすべてが暴かれたいまとなっては、科学は存在意義を失ったといわれるようになって久しいが、この点はいまも変わらない。

科学には存在意義がないなどという幼稚な考え方には、ベックリンは軽蔑しか感じなかった。だからこそベックリンは、科学が証明できないという理由だけで、なにかを頭ごなしに不可能だと断じることはずっと避けてきた。

ベックリンは、いまの行動にはじゃまになる考えを振りはらってインターコスモで叫んだ。

「ベックリンからエイレーネへ。どこへいこうとしているにしても、ちんたら飛ぶよりも、グライダーを使ったほうが簡単で安全ですよ」

エイレーネにユーモアが通じたことがわかって、ベックリンは思わずほほえんだ。ヘルメットの通信機から彼女の笑い声が聞こえてきたからだ。

「ベックリン、グッキーのようなことをいうのね。でも、わたしは戻らないわよ」

「戻れというつもりはありません」リオン・ウィングからはエイレーネを連れ戻せといわれていたにもかかわらず、ベックリンが答えた。

「偉大なる母のところへ連れていってくれる？」ローダンの娘がいった。

「どこへでも、望みの場所へ」ベックリンが応じた。「停止しますよ」

「了解」エイレーネが答えた。

トクルント人はグライダーの速度を落とし、エイレーネの前方百メートル、高さ一メートルの地点で停止した。そして、右側前方のハッチを開ける。

すぐにエイレーネが乗りこんできて、トクルント人が立っていたシートの右のシートに腰をおろした。

ドラグスがハッチを閉じ、偉大なる母へ向けて再発進した。そして顔を横に向け、ヘルメットを折りたたんだ女テラナーの顔をまじまじと見つめる。

その表情はいつもと同じように見えた。頬がかすかに赤らんでいるので、すこし興奮しているようだ。目を見ると、その考えが正しいとわかった。エイレーネの目は不自然に輝いていたのだ。

見られていることに気づいたエイレーネは、いぶかしげに見つめ返した。

エシュクラルはほほえみ、悪意がないことを示す。

「わたしはあなたの味方ですよ、お嬢さん」と、うなずきかける。「われわれは仲間ですから」

エイレーネはためらいがちにうなずいた。

「あなたはフェニックスでわたしの……わたしとコヴァルの命を救ってくれた」エイレーネは小声でいった。「あなたを信頼しているわ、ベックリン」

「ありがとう」トクルント人が返した。「あと十分ほどで到着です。念のため、ここからはデフレクターを起動させておきます。なぜ今日もあの難破船にいこうと思ったのか、教えてもらえませんか？　どのみち、あしたいく予定だったのに」

エイレーネは眉間《みけん》にしわを寄せ、しばらく考えこんでから、たどたどしい口調で語りはじめた。

「前回、ちょっと気になることがあったの。それがなんだったのか、どうしても思い出せないのだけれど、でも、きっと重要なことだった。もう一度見れば、思い出せるかもしれない。なにが気になるのか、知りたいの」

「なにが気になるのかが知りたい」ベックリンがくりかえして考えこんだ。

ベックリンはなにもたずね返さなかった。だが、エイレーネの答えは納得できるものではなかった。それどころか、ほぼ無意味だった。それなのに、ローダンの娘本人が、もう一度偉大なる母のところへいくのには当然の理由があると確信しているように思えた。

まるで催眠術にかけられた者がなんらかの任務を遂行するさい、催眠術をかけられたことを知らないので、それをする理由を自分なりに説明しているかのようだ、とトクルント人は思った。

「わたしを信じてないの？」エイレーネがたずねた。

「もちろん信じていますよ、エイレーネ」エシュクラルがいった。「さて、なにが見つかるのか、いまから楽しみです。ハウリの宇宙船とその最後の飛行に関して集められる情報は、どれも貴重ですから」

「偉大なる母には秘密が潜んでいるわ」エイレーネがいった。

まるで、彼女自身、あの難破船のことを偉大なる母だと信じているかのような話しぶりだ。ベックリンはそう感じた。超心理的な影響だろう。エイレーネは何者かによる超心理的な影響を受けている。きっと、秘密基地の破壊されていないコアと関係しているはずだ。そこに意識を閉じこめられたバス＝テトのイルナがなにかをしでかしたのだろうか？　あそこには触れるべきではなかった。あるいは完全に破壊すべきだった。

エイレーネ以外には、だれもそのような影響を受けていないことは、ベックリンにとっては不思議ではなかった。ローダンとゲシールの娘が特別にそのような現象に敏感であることがわかっていたからだ。

前方にくさび形の隊列を組んで進むトロナハエの砂漠船六隻の船団が見えたとき、ベックリンは速度を落とした。船団がメテモアへ向かっていることがわかったので、ふたたび加速した。

数分後、赤外線探知が偉大なる母の姿をうつしだした……

5

トロナハエの聖域は高さおよそ百メートル、直径三百五十メートルのドーム状建築物だ。ドームには何枚もの丸窓が設置してある。

トクルント人はそのまわりを迂回するように飛行し、偉大なる母への唯一の入口となる銅メッキを施した大きな門を眺めた。寒さと強風から身を守るために厚着をしたふたりのトロナハエがクロスボウを手に警備任務に就いていた。

エシュクラル・ノグヒム・ドラグスは、いつもの場所にグライダーをとめようとした。ブガクリスの地下をドームの下までつづいているトンネルの入口は砂で埋まっている。エシュクラルとエイレーネは、偉大なる母を去るたびに、念のために入口をトロナハエたちの目から隠していたのである。グライダーが駐機しているあいだはデフレクター・フィールドのおかげで入口も見えなくなるが、グライダーが去ると、入口がむきだしになるからだ。トンネルのドーム側の入口は、タペストリーで隠していた。

砂で埋められたトンネル入口は、分子破壊砲を使えば数分でふたたび開放できる。

だからこそ、エイレーネの行動にトクルント人は心から驚いたのだ。

彼女は突然、グライダーの停止ボタンを押すと同時に右のハッチを開けたのである。その後、グラヴォ・パックを起動してグライダーを飛びだし、デフレクター・フィールドの外へと出てしまった。

銅の門はまだ目視できる位置にある。警備のトロナハエも近づいてくる人影に気づいた。だが、いわば無から突然何者かがあらわれたため、警備兵は大いに驚き、対応が一瞬だけ遅れた。

しかし、すぐに気をとり戻し、規定どおりの反応を見せる。

クロスボウを肩からおろし、足を使って弦を引き、羽根のついた矢をセットして、門の前に立ったのだ。だが、クロスボウはまだ斜め下に向けていた。その人影が聖域に強行突破してくるとは予想していなかったからだ。そんなこと、これまで一度も起こったことがない。

だからこそ、かれらもベックリンと同じで不意を突かれた。

エイレーネはコンビ銃を麻痺モードにセットして、ホルスターから引き抜くと同時に発砲した。門番はクロスボウを手から落とし、麻痺してその場に倒れた。

「正気を失ったんですか！」気をとりなおしたベックリンが叫び、エイレーネのあとを追った。

これで、彼女が超心理的な影響下にあることが確信に変わった。それでも気が気でなかったのは、もし《クレイジー・ホース》の乗員が暴力を使ってトロナハエの聖域に侵入したことが明るみに出れば、大問題に発展することが目に見えていたからだ。ギャラクティカーと自由航行者に対する関係は長期的に崩れ、場合によってはトロナハエの怒りが山の民に向けられるかもしれない。

なんとしてでもエイレーネをとめなければならない。

ほかのだれかなら、エシュクラル・ノグヒム・ドラグスはパラライザーを使って無力化し、グライダーに乗せて、すぐに逃亡しただろう。

だが、それをエイレーネにする気にはなれなかった。

その一方で、エイレーネには躊躇《ちゅうちょ》がなかった。武器をインパルスモードにセットし、門を閉じていた鋼の閂《かんぬき》を破壊したのだ。そのときになってようやく、エイレーネはそれでも門扉が開かないことに気づいた。この門はチェーンを引くことで門扉がレールの上を動く仕組みだったのである。

そこで彼女はすぐに考えを変え、門扉の右側の一部を銃で破壊して、ドームの内側に入った。

この行動を見て、ドラグスもためらうのをやめた。武器を麻痺モードにセットし、偉大なる母へ侵入したローダンの娘を追った。

だが、手遅れだった。

エイレーネの行動にばかり気をとられて、トクルント人は偉大なる母の北西方向の砂漠をおおう砂塵のなかに、赤いドラゴンの頭を飾った細い帆船があらわれて、鳥のような速さで音もなく近づいてくるのに気づかなかった。

その船のブリッジにいる人物が弓を構えて狙いを定めていることも知らなかった。自分に向かってくる矢にも気づかなかった。風切り音が聞こえたときにはすでに、背中の左側、肩のあたりのセランを矢の先端が貫いていた。

偉大なる母の入口のすぐうしろで、ベックリンはうめき声を上げて倒れこんだ。

＊

そうしたすべてに、エイレーネは気づきもしなかった。

傍観者の目には、彼女の動きはロボットのようにうつったことだろう。壁に固定された無数のオイルランプで照らされている、深紅の厚い絨毯を敷き詰めたホールを駆け抜け、五本の回廊の三本めにまで階段をのぼる。そこで難破船の中央部にあるハッチを開けた。そのハッチはすでに数週間前にベックリンときたときに、非常用電源に接続し、使用可能にしてあったのである。

ハッチを開けたエイレーネは、瓦礫をどかせて人がなんとか通れるようにしてあった中央の通廊を船首方向へとおりる。ちょうどそのとき、クン＝リーが手下たちとともにホールに駆けこんできた。プトラナイたちは一瞬立ちどまり、偉大なる母へ向けて、このような形で武器を手に大慌てでドームに入る非礼を大声でわびたが、正気を失っているエイレーネには、その声さえ耳に入らなかった。

すでにトクルント人とともに大きな障害はとり除いてあったため、エイレーネは苦もなく中央司令室まで到達することができた。前回ベックリンが鋼の瓦礫をかませておいたため、入口はいまも二十五センチメートルほど開いていた。

だが、非常用の照明はともっていなかった。前回の訪問後、立ち去るさいにエイレーネみずからが消したからだ。

女テラナーはそのことにすら気づかなかった。それどころか、ヘルメットのライトさえつけなかった。ほぼなにも見えないなか、ただ手探りで前に進む。だが、完全な暗闇ではない。前回押した四角いフィールドがいまも淡い輝きをはなっていた。暗さに慣れた人間の目なら、その光だけで瓦礫やコンソールの輪郭ぐらいはおぼろげに見えた。

エイレーネは両手も使って瓦礫のあいだを這い進み、前回瓦礫をどかしたコンソール前のスペースにたどり着いた。そこでからだを起こす。

「わたしです、偉大なる母よ」ささやきはじめた。「わたしがなにをすべきか、お教えください。そして、その褒美として秘密を明かしてください！」

返事がないことに気づいたエイレーネは身震いした。不安そうにあたりを見まわす。

「偉大なる母よ、あなたがわたしを呼んだのです」エイレーネはつづけた。「なにをすべきか教えていただかなければ、わたしにはどうすることもできません」

かすかな声が聞こえたような気がして、頭を立てて耳をそばだてる。

その声はまちがいなくハンゴル語を話した。ところが、インターコスモと同じぐらい完璧にハンゴル語をマスターしているにもかかわらず、エイレーネにはなにをいっているのかわからなかった。

しばらくしてようやく、いくつかの単語の断片が聞きとれたような気がした。

それでも、すべてが混乱していて、意味までは理解できない。まるで、十名以上が同時に別々の話をしているようだ。

ここにきたのはまちがいだった、とエイレーネはうっすらと感じた。どうやら、ここにいるのは偉大なる母などではなく、それぞれが対立し合う悪霊たちのようだ。エイレーネはゆっくりと立ち上がった。

だが、そこまでだった。意識が闇で満たされた。動けないままそこに立ちつくしていると、野蛮ないでたちの何者かが口々に呪文のような言葉をつぶやきながら近づいてきた。

エイレーネは抵抗もできぬまま、拘束され、船から担ぎだされた……

*

《クレイジー・ホース》が軌道上に送りだしたゾンデが届けてくる映像を確認していたヌリア・ガイ・ツァヒディは驚きのあまり硬直した。偉大なる母の近くにたくさんの砂漠の船が集結していたのだ。

時間は夜明け直後。砂埃はなく、トロナハエの聖域がはっきりと見えていた。霜がおりて砂の波紋をきらめかせていたので、きっと厳しい寒さが支配しているのだろう。

しかし、サン人の女性が震えだしたのは寒さのせいではない。

数名のトロナハエによって偉大なる母から担ぎだされた人物を見て、そしてその人物が《クレイジー・ホース》の乗員がこれまで見てきたどの砂漠の船よりも細い形をした船に運びこまれているのを見て、震えたのだ。

偉大なる母のもとに合計十三隻のそのような細形の船が集結していた。そのすべての舳先に赤く塗られたドラゴンの頭が飾られている。殺し屋陛下の頭蓋骨が。

最新鋭の軌道ゾンデには、惑星軌道からIDカードほどの大きさの物体まで詳細に撮影し、《クレイジー・ホース》の探知センターへ転送する性能がある。

このこともまた、ヌリアには驚きではなかった。だが、トロナハエたちが捕らえた人物がエイレーネであることがわかったとき、いても立ってもいられなくなった。

インターカム越しに船長に呼びかける。

「これを見てください！」リオン・ウィングに映像を転送しながら叫んだ。「エイレーネがトロナハエに捕まりました。おそらく、ハウリ人たちの聖域に無許可で侵入したからでしょう。これからなにが起こるか、考えたくもありません。ですが、いまはとにかくエイレーネの救出が先決です。近くにいたはずのベックリンのことも気になります。かれが使ったグライダーはすでに見つかりました。すぐ近くで、デフレクター・フィールドを展開してホバリングしています」

「いますぐ介入するわけにはいかない、ヌリア」オクストーン人船長がいった。「トロナハエの数が多すぎる。もう一度、すべての映像を確認してみろ！　すくなくとも、百二十隻の砂漠の船が集まってきている。そのほとんどがメテモアからきたものだが、別の三つの集落からきた船もある。それどころか、あらゆる集落からさらに三百ほどの船が偉大なる母へと向かっている」

女性エンジニアはなにも答えぬまま、室内のすべてのモニターに目をやり、リオン・ウィングの言葉が正しいことを確認した。

偉大なる母のすぐ近くで起こっている出来ごとにふたたび目を向けると、もっとも大きいドラゴン船の甲板の下へ、エイレーネが運びこまれていた。

「急襲作戦を……」ヌリアが話そうとした。

「だめだ！」船長がさえぎった。「こちらの動きに気づいたとたん、連中はエイレーネを殺してしまうだろう。きみは、最初に偉大なる母のところへやってきた十三隻のドラゴン船を操るトロナハエのことを知らないようだな。わたしは一週間ほど前にあの細くて高速な砂漠船の存在に気づいて、すでにいくつかのマイクロゾンデを送りだしていたのだ。ふつうのトロナハエと、あのドラゴン船のトロナハエを盗聴するためにな。

あの十三隻にはプトラナイと呼ばれるトロナハエの部族およそ五百名が乗っている。われわれはプトラナイと接触したことはない。かれらのほうが接触を避けてきたからだ。それもそのはず、かれらはブガクリスのハウリ人のなかでも、かなり異質な存在なんだ。かれらは狩りも、農業も、商売もしない。砂漠の掠奪者として生きてきた。最近では公然と掠奪をすることはなくなり、目撃者のいないときにだけ孤立した船を襲うようだが。代わりに、集落からみかじめ料をせびっている。危険な獣や殺し屋クラーケン、あるいは殺し屋陛下などから住民を守ったり、塩沼を渡ろうとする隊商を、かれらだけが知る安全な道に導いたりしながらな。

それでも温和なトロナハエからは掠奪者あるいは殺人集団とみなされている。だが、そうした蛮行を確実に証明することができないから、プトラナイを責め立てることもできなかった。もしかすると、今回、全トロナハエが崇拝する聖地を冒瀆《ぼうとく》した異端者を捕らえたという理由で、プトラナイの評価が上がるかもしれない。モニターを見てみろ、ヌリア！　どうやら、ふつうのトロナハエとプトラナイのあいだで交渉が行なわれるようだ。エイレーネと引き換えにわれわれに要求する内容を決めるのかもしれない」

「エイレーネとベックリンとの引き換えに、です」ヌリアが訂正した。

「おそらくベックリンはもう生きてはいないだろう」船長がいった。「かれのセランのピココンピュータは沈黙している」

「エイレーネのセランのピココンピュータは？」ヌリアが問い返した。

「動いている」リオン・ウィングが答える。「だが、セランは抜けがらだ。エイレーネから脱がせたのだろう。トロナハエはばかではないし、戦い慣れたプトラナイはさらに賢いだろう。セランを着ている者はたとえ拘束しても危険な存在であることを知っているにちがいない。そもそも、着用したセランを正しく使っていれば、エイレーネも捕まるなんてことはなかったはずなんだ」

「プトラナイの船団から一隻の小型ドラゴン船が離脱するようです」偉大なる母の周辺で起こる出来ごとのすべてに目を光らせていたヌリア・ガイ・ツァヒディがいった。

「山のほうへ向かっています。われわれにメッセージを届けにくるのかも」

「きっとそうだ！」ウィングがいった。「ひとまず、エイレーネに危害が加えられることはないだろう」

「でも、ベックリンは」アフロテラナーの女性が心配そうにたずねた。「かれは経験豊かな戦士です。トロナハエに殺されたとは思えません」

「〝ふつうなら〟ありえないだろうな」オクストーン人がいった。「だが、あのときの偉大なる母の状況がふつうだったとは考えられないし、いまも、とてもじゃないがふつうと呼べるものではない。トロナハエとわれわれのあいだで、友好的な和解が成立すればいいのだが。そうでなければ、山の民にしわ寄せがくる。トロナハエがはっきりと公言したわけではないが、おそらくかれらもそろそろ気づいているだろう。山の民がわれわれの親族であることをな」

「おっしゃるとおりです」ヌリアはつぶやくようにいった。

でも、必要なら、単独ででもエイレーネの救出に向かう！　ヌリアはそう心に決めた。そうはいっても、そのような決断をひとりでくだしていいものではないことは、ヌリアにもわかっていた。上官の明確な命令にそむくか、自分の判断と良心にそむくか。どちらかを選ぶことになる。

6

夢のなか、バス＝テトのイルナは時空を超えた。

アトランが自身のもとネット船《カルミナ》でクロノパルス壁の突破の試みから戻ってきたとき、イルナはその司令室にいた。

船にいたのはアルコン人とロワ・ダントンだけだった。クロノパルス壁を突破する試みは、いわゆるパルス・コンヴァーターの検証を兼ねていた。どんな結果が得られるかまったく予想ができなかったため、アルコン人は危険にさらされるメンバーの数を減らすために、必要最小限で旅立ったのである。

そして実際、《カルミナ》はあやうく破壊されそうになった。パルス・コンヴァーターのはなつビームがクロノパルス壁に作用し、実際に壁の一部が〝消え〟、目に見えない壁に開いた穴を通ってなかに入ることはできたのだが、その奥にバリアがもう一枚あったのである。

いわゆるウイルス壁だ。この壁が《カルミナ》のシントロンをコンピュータ・ウイルスで感染させ、しばらくのあいだ完全に麻痺させた。

もちろん、船載シントロンに備わる防御システムが比較的短時間でコンピュータ・ウイルスの撃退に成功したのではあるが、それまでのあいだに壁突破の警報が近くのカンタロの基地にもたらされ、艦隊が駆けつけてきた。

ウイルスによってシントロンが麻痺していた《カルミナ》は、いわば目が見えず、耳も聞こえない状態にあり、このときに攻撃されていれば、まちがいなく破壊されていたことだろう。だが、文字どおり最後の瞬間にコンピュータ・ウイルスの駆除に成功し、《カルミナ》はすんでのところで脱出したのである。

そのすべてを、ゼロ夢のなかでイルナはいっしょに体験した。

だが、アトランには隔離された銀河系に突入する試みをいったんあきらめ、まずはフェニックスに戻ってコンピュータ・ウイルスに対する即時防御システムを船のシントロンにインストールすべきだという彼女の願いは、聞き届けられなかった。

確かにアトランとロワはすぐに次の試みをスタートさせたわけではないが、その代わりに、最近見つかったばかりの巨大ブラックホールへ飛んで、そこを故郷銀河へのゲートとして利用しようとした。

イルナも当然、高速で回転するブラックホールは、その回転が生みだす遠心力によって、渦巻きに似た漏斗《ろうと》のような穴を形成することを知っている。この穴は重力シャフトと同様の機能をもち、宇宙の別の場所に向かって伸び、その終点に通常はホワイトホールが発生する。

しかし、カンタロによって操作され、ブラック・スターロードとして利用されているブラックホールは違っていた。だが、アトランとロワが〝めざした〟ブラックホールは、この輸送路には属していなかった。そのためそこには、特異点を周回し、ブラックホールの中心を通り抜ける宇宙船を別の場所にあるブラックホールに転送して通常の宇宙空間に出現させる働きをもつ、カンタロの制御ステーションは存在していなかった。

この巨大ブラックホールに飛びこむことは、目を閉じて冷たい水に飛びこむような話だ。《カルミナ》が重力で引き裂かれるかもしれないし、とても小さくて目でも見えず、探知もできない特異点の環状開口部をはずしてしまい、特異点を永遠に周回することになる恐れもある。そうなればそこを抜け出ることも、事象の地平線から、つまりブラックホールのシュワルツシルト半径から浮上することもできなくなる。

最悪なのは、アルコン人も、ローダンの息子も、自分たちの決断が招きかねない危険を承知しながら、それでもそれに賭けようとしたことだ。正気の沙汰ではない！　ゼロ夢にあるイルナは、アトランとロワになにも伝えることができない自分に絶望しそうになった。

そこで夢から覚めて現実に戻ろうとしたのだが、なにかにそれをはばまれた。愛する人に危険を伝えたいのに、現実に戻れない。

次の瞬間、《カルミナ》が通常空間に戻った。

「着いたぞ、ロワ」アトランがいった。

「巨大だ」マイクル・レジナルド・ローダンことロワ・ダントンがいった。

それは本当に巨大だった。

バス＝テトのイルナは、それまで見たなかで明らかに最大の降着円盤を見つめた。それは巨大な赤色恒星の回転するガス状の物質でできていて、赤と青白の輝きをはなっていた。

ブラックホールによって一光時離れた場所にある太陽から引き寄せられたプラズマは、ものすごい勢いで回転し、励起されて光を発したのち、事象の地平線の奥へ消え、ブラックホールの特異点に押しこめられ、事実上、膨張率がゼロになる。

その瞬間、女アコン人はこの巨大ブラックホールが、カンタロの利用するブラック・スターロードの一部ではないことを確信した。操作を施すにはあまりにも巨大だったからだ。

アトランとロワがそのことに気づかないのが、イルナには理解できなかった。すくなくとも、アトランにはこの降着円盤の黒い穴に宇宙船ごと突っこむのは、予想しようのない危険が伴うことが理解できるはずだ。

イルナには、これが現実だとは思えなかった。恐怖さえ覚えた。

そして突然、すべてが自分を中心にまわっているように感じた。周囲の情景がぼやけはじめ、アトランとロワの声も、まるで何キロメートルもつづくトンネルの奥から聞こえてくるかのようだ。

そしてなにも感じなくなった。

思考だけがそこにとどまり、混乱をつづけた。

そして、この異常な体験を理解する最初の兆候があらわれたとき、知覚が戻ってきた。目の前に降着円盤があった。だが、もう回転していない。だがそれはただの錯覚だった。《カルミナ》も円盤とともに回転していたのだ。

そして船はダークネス・ブラックホールの目に飛びこもうとしていた……

＊

その小型のドラゴン船は砂漠を離れたのち、氷上ヨットとして、山間の川の凍った水面を、狭さを増す谷の奥へ向かって滑走していた。

リオン・ウィングをはじめとした《クレイジー・ホース》の幹部が軌道ゾンデ経由でその船を追跡していた。

「あのようすでは、半分ほども登れないでしょう」ヌリアがいった。「わたしがグライダーで飛んで、途中の地点でかれらを出迎えるのはどうでしょう」ヌリアはモニター上で小さな湖を指さした。「ここがよさそうです。あの船でこられるのは、ここが限度でしょう」

「わかった、認めよう」ウィングがいった。「わたしも同行する。使うのはスペース＝ジェットだ。すこしびびらせてやろう」

話は決まった。

半時間後、スペース＝ジェットのきらめく円盤が山間の湖の凍った水面に向けて降下した。ちょうどそのとき、その湖がある細長い谷にドラゴン船も姿をあらわした。赤黄色の恒星サンドラが南の方向、ギザギザの尾根のすぐ上にあり、周囲を照らしていた。

「なんて美しい光景なの！」船の二十メートルほど前でエネルギー・フィールドの上に浮かぶジェットのなか、サン人の女性が叫んだ。

高い舳先に赤く塗った殺し屋陛下の頭蓋骨をあしらった細長い船の堂々とした姿。風にたなびくベージュのマントを着て、頭には明るい色のターバンをのせ、そして黒いベールで口と鼻をおおった姿で甲板に出てきてブリッジに立った背の高いヒューマノイド。奇妙なことに、ヌリアはその両方に感動していた。

「トゥアレグ族！」ヌリアはささやいた。「トゥアレグ族もあんな服装をしていたんです。きっとこのプトラナイと同じぐらい、トゥアレグ族も誇り高い民族だったのでしょうね」

「トゥアレグ?」オクストーン人が訊き返した。「聞いたことないな。きっと、ギャラクティカムには含まれていないのだろう」

「テラのサハラ砂漠で暮らしていた好戦的で誇り高い民族です」目を輝かせながら女性エンジニアが答えた。「かれらの遺伝子が、文明に毒された人々の遺伝子で薄められたのが、残念に思えます」

「わたしの遺伝子にもかれらのが含まれているかもしれませんよ」船長から《クレイジー・ホース》の指揮を受け継いだ火星人航法士のカーシャム・タルが無線越しに口をはさんだ。

「ふつうのテラナーと交わるのを拒んで、シガに移住したかもしれないぞ」オクストーン人が皮肉をいった。「だが、むだ話はここまでだ! あのトゥア……プトラナイと交渉してくる。ヌリア、ヘルメットを閉じておけ。それがいやなら、顔に不凍液を塗っておくんだな!」

サン人の女性がヘルメットを閉じるのを見届けてから、船長はセンサーバーを押した。スペース＝ジェットの司令コクピットのドームが格納された。

リオン・ウィングは手をついて、操縦席から飛びだし、円盤艇の外壁を滑っておりた。もちろんセランを着こんでいるが、ヘルメットは首のうしろにたたんだままだ。

湖の氷は着地に耐えた。リオン・ウィングはマイナス四十三度という冬山の気温をものともせず、また、オクストーンの四・八Gに比べればないに等しい一・一Gという重力も苦にせずに、ドラゴン船に歩み寄った。

ドラゴン船から驚きの声が聞こえてきたかと思うと、沈黙を命ずる厳しい声がそれにつづいた。

船首まであと数歩の地点でオクストーン人は立ちどまりリーダーと思われるプトラナイを見上げて、ハンゴル語で叫んだ。

「船長のウィングが、乗船の許可を求める！」

そして、礼儀正しくほほえみ、広く開けた宇宙服の隙間に右手を突っこんで胸をかいた。

縄梯子が投げおろされると同時に、声が聞こえてきた。

「船長のウィングにドラゴン＝エクネットへの乗船を許可する」

リオン・ウィングはジャンプしていっきにドラゴン船に乗りこもうかと考えた。だが、それはあまりにも威嚇《いかく》的で、場合によっては誇り高き砂漠の息子たちの感情を傷つけるかもしれないと考えなおした。

だから、特に目立ったことはせずに、機敏に縄梯子をよじのぼり、敬礼した。それに応えて、およそ二十名のプトラナイが戦斧を掲げた。

額に半月形の傷跡がある、よく日焼けした精悍な顔つきのとても背の高いプトラナイが、ブリッジから梯子《はしご》でおりてきて、リオン・ウィングの前に立った。その目は誇りに満ちていた。

その瞬間ウィングは、この戦士を軽くあしらうのではなく、無条件で自分と同格とみなさなければならないと悟った。

「わが船にようこそ、ウィング船長！」そのプトラナイがいった。

ここにもわれわれと同じような習慣があるのか！　オクストーン人はそう思った。

「乗船を許可してくれて、感謝している」と、応じる。

「わたしはナム＝コ、トッガーレの一員だ」プトラナイが説明した。

ウィングはうなずく。

トッガーレというのが、プトラナイのなかでも特に身分の高い貴族なのだろうと推測する。

「トッガーレ＝ホがわたしに伝言を託した」ナム＝コがつづけた。「トッガーレ＝ホとトロナハエ代表者による共同の伝言の中身はこうだ。われわれは、偉大なる母ならびに砂漠の息子たちの星を冒瀆したきみたちの船の乗員を捕獲した。この犯罪者は現在われわれの監視下にある。この者には、トロナハエの法にのっとって裁きがくだされる。そのほかの異人に対しては、船もろとも、本日中にこの惑星を去り、決して戻ってくることのないよう要求する」

ナム＝コは胸の前で腕を組み、軽く会釈してつづけた。

「個人的には、われわれの出会いがこのような形であったことを残念に思い、今後、われわれが敵対することがないよう願っている」その目に光が宿った。「だが、きみと一対一で決闘ができるなら、それもわたしにとっては大きな栄誉である」

こいつは本気だ！　リオン・ウィングは見抜いた。そして、自分が勝つことを確信している。しかし、実際には、かれに勝ち目はないだろう。最新鋭の武器や原始的な方法をもちいて、何百もの屈強で凶暴な敵と、それどころが何体ものロボットと戦い、生き残ってきたわたし相手に、こいつが勝てるわけがない。

だが、ナム＝コは敵ではない。そして同時に、仲間にするチャンスもないことが、オクストーン人には悔やまれた。

リオン・ウィングは敬意をこめて敬礼した。

「伝言を確かに聞かせてもらった」断固とした声でいった。「今回の件は、すべて不幸な誤解であることを保証する。きみたちが捕らえた者には、偉大なる母やこの惑星を冒瀆する意図はなく、明らかに錯乱状態にあった。トッガーレ＝ホとトロナハエの代表者に次のメッセージを伝えていただきたい。きみたちの代表者との会談、ならびにエイレーネという名をもつきみたちの捕虜と面会する機会を要求する。会談を通じて、誤解を解く必要がある。意図せずきみたちにあたえることになってしまった恥辱については、賠償に応じるつもりである」

「メッセージは伝えるが、望みがかなうとは思わぬことだ」ナム＝コがいった。「われわれの決断はくつがえらない。起こったことは起こったこと。したがって、法の裁きが適用される」

リオン・ウィングは相手の目に断固たる意志を見た。どうやらトロナハエは、目的に則した柔軟な法をもちいるのではなく、伝承されてきた鉄の掟に従っているようだ。

「きみたちに法があるのと同じように」オクストーン人は力強い声でいった。「われわれにも法がある。もし、捕虜に危害が加えられた場合、われわれはわれわれの法を適用し、相応の報復を行なうだろう。そうなれば、きみたちはすべての船を失うことになる」

ナム＝コは一歩さがり、無意識のうちにベルトにあった戦斧の柄に手を伸ばした。オクストーン人の背後から、怒りのつぶやきが聞こえてきた。

だが、リオン・ウィングは身じろぎもせず、ナム＝コの目を見つめる。

いつ暴力に発展してもおかしくない緊迫した状況が一分ほどつづいたが、ついにトッガーレが腰の武器から手を離し、抑揚のない声でこういった。

「われわれは、船を奪われるよりも、戦いのなかで死ぬことを望む」

リオンは悲しげなしぐさをしてから、こう応じた。

「それがきみたちの決断なのだろうな」声が沈んでいた。「ひとつ、知りたいことがある。エイレーネひとりではなかった。彼女をとめようとした者がいたはずだ。かれはどうなった？」

「死んだのだろう」ナム＝コが答えた。「その者がエイレーネを追って偉大なる母へ入ったとき、背中に矢が刺さるのをこの目で見た」

その知らせを聞いて、リオン・ウィングは心が痛んだ。それ以上なにもいわず、ただ敬礼して、ドラゴン船を降りた。

「やつらはエイレーネを処刑するつもりだ」スペース＝ジェットのコックピットに戻った船長がいった。

ヌリア・ガイ・ツァヒディは大きく息を吸いこんだ。

「ですが、そんなことをさせるわけにはいきません。違いますか、リオン？」

「もちろん阻止する」船長は虚空を見つめながら答えた。「彼女を救いだす。だが、砂漠の息子たちを虐殺するようなことは、わたしにはできない。悔しいが、状況は混沌としている！」

ドラゴン船が方向転換をし、谷底のほうへとくだっていったのを見届けてから、リオン・ウィングはスペース＝ジェットを起動し《クレイジー・ホース》のいるほうへ向けて発進した。

そのとき、船長がドラゴン船に乗りこんだ地点の近くで、氷でできた丘にあったプレートが開き、背の低い人間が這い出て、ハンググライダーを組み立てたかと思うと、ハンググライダーにとりつけたスキー板を使って助走してから空中へ舞い上がったことに、船長もヌリアも気づかなかった。

そのハンググライダーが陽に照らされた谷の北斜面に向かい、暖められた空気の上昇気流に乗って高度をいっきに上げたことにも……

7

プトラナイのシマイはからだを冷やさないように、ドラゴン＝オゴールの甲板上をいったりきたりした。それでも満天の星空の冬の夜はあまりに寒く、ブラッシュ＝アールの上にはおったウールのマントと毛皮のブーツを通して寒さが身に染みた。

三脚台の上に置かれ、燃えさかる木炭で満たされた大きな釜のそばでときどき歩みを止め、手袋をはずして、青くかじかんだ両手を火にかざす。

いざというときには武器を、とりわけ弓矢をうまく扱えるように、指をいつでも動ける状態にしておくことがとても重要だ。いつもの船の警備に加え、今回は捕虜の逃亡を阻止する責任も負わされているのだから。

とはいえ、逃亡など不可能だと、シマイは思った。捕虜の女はあの奇跡を起こせる奇妙なスーツを奪われているし、手足を拘束されたうえに寝台に縛りつけられているのだから。

両手を温めながら、シマイはまわりの船団を見渡した。偉大なる母の呼びかけに応えて近隣の全集落から集まってきた砂漠の船が、プトラナイの駆る十三隻のドラゴン船をとり囲んでいる。大船団だ。

シマイは不機嫌そうに釜の火に唾《つば》を吐き、そのためにさげた黒いヴェールをふたたび引き上げて口もとをおおった。

よそ者どもの船の船長が発した脅し文句をナム＝コから伝え聞いたとたん、都市に住むトロナハエたちは本当に怯えてしまい、捕虜をトロナハエの法にのっとって処罰するという話は消えてなくなった。夜明け前にこの星を去れという最後通牒《つうちょう》も守られなかった。あの臆病者どもは、交渉する意思を示すために、星の旅人のもとに大急ぎで伝令を送った。

ナム＝コとトッガーレ＝ホはそれに反対したが、数ではトロナハエのほうが圧倒的に多いので、決定をくつがえすことはできなかった。シマイは、トッガーレたちが町のトロナハエの評議会がくだした決定を無視することを望んでいたが、実際にそうなるとは思えなかった。

時代が変わったのだ。

プトラナイ一族はよそ者の血をあまりにも多く受け入れてしまった。かつての世代のプトラナイは、戦に明け暮れ、できるだけ多くの敵を殺すことに情熱を燃やしたが、いまは違う。貴族層のトッガーレにさえ、平和的な考え方が浸透してしまった。慎重になり、集落を襲撃することもなく、やるとしても孤立したトロナハエの船を拿捕《だほ》する程度だ。

そうやって、プトラナイ族は文明的であり、決して血に飢えた戦士ではないという印象を広めようとしている。

だが、血に飢えた戦士であるという評判が立っていたからこそ、プトラナイはこれまで無敵だったのではないか。ドラゴン船を駆る戦士を見るなり、敵は勇気を失い、逃げ出すか、まともな抵抗もせずに敗北を認めたのだ。

それがいまでは、純粋に数が多いだけの理由で採択された町のトロナハエの決断に従うほど、トッガーレは地に堕ちてしまった。貴族たちも、町のトロナハエと同じように欲に目がくらんでいるのかもしれない。きっと、聖域を冒瀆した女と引き換えに得られる星の船の宝があまりに魅力的だったのだ。

シマイはいらだちのあまり、甲板の哨戒を再開しても、両の拳《こぶし》を寒さから守るのを忘れていた。急いで手袋をはめるが、両手はすでにかじかんでいた。

自分に腹を立てながら火釜に戻り、また手袋をはずして両手を火にかざす。口をぎゅっと閉じてしばらく待つと、両手に感覚が戻ってきた。目に涙があふれてくる。

そのため砂漠の地表近くに濃い放射霧が発生し、しだいに船に近づいてきていることに気づかなかった。

立ちこめる夜霧のなかを、翼をもつ巨大な影が滑空したのも見なかった。その影がドラゴン＝オゴールの甲板に着地したさいに生じた甲高《かんだか》い音が、シマイの分厚くおおった耳に届いたときにはすでに手遅れだった。

突然、殺し屋陛下が次々と飛来した。シマイはおよそ十メートルの翼の直撃を食らって吹き飛ばされ、メインマストに直撃して床に落ちた。

薄れる意識のなか、巨大なドラゴンたちが、硬い頭でキャビンを破壊し、鋭い牙《きば》で破片をかみ砕いているのが見えた。

すべてがあっというまの出来ごとだった。

シマイの感覚では、自分が床に落ちたころには、殺し屋陛下たちは目的を果たし、すでに空を飛んでいた。

ひときわ大きなドラゴンが爪でなにかをつかんでいる。一見、丸めた絨毯のようだが、よく見るとそれはジタバタと動く脚だった。

そのときになって、ドラゴンがあの貴重な捕虜を奪ったことにシマイは気づいた。

なんとか立ち上がって肩から弓をおろし、矢筒から抜いた矢を弦に引っかけながら、大声で仲間に異常を知らせる。

すると、その口と鼻を硬い手がおおった。同時に、右の前腕にだれかの手刀が振りおろされ、シマイは矢を落とした。

「黙れ！」声がした。クン＝リーの次に位の高いナム＝コの声だ。「話を聞け！」

トッガーレ＝ホを先頭にトムラーデたちが甲板に出てきた。

「静かに！」ナム＝コが命じ、静かになったのを見届けてからつづけた。「ドラゴンどもが捕虜を奪った。われわれにあとを追う手段はない。いまのわれわれにとって重要なのは、捕虜が奪われたことを外部に悟られないことだ。町のトロナハエも星の旅人たちも、われわれがエイレーネを保護していると信じつづけなければならない。そのとおりですね、クン＝リー？」

「ああ、そのとおりだ。わたしも同じことをいおうとしていた」トッガーレ＝ホが落ち着きはらった声でいった。「われわれの恥辱を沈黙というマントでおおい隠すことは、名誉と知性にかかわる問題である。これからナム＝コとともに、わたしが捕虜を奪い返し、ドラゴンどもに報復する方法を考える。だがその前に、だれにも気づかれないように、夜明けまでに甲板を片づける必要がある」

「トムラーデよ、すぐにはじめろ！」ナム＝コはそう命じてからようやくシマイを解放した。

「わたしのせいです」シマイが悔しそうにつぶやいた。「死んでおわびをさせてください、ナム＝コ」

「この霧のなか、ドラゴンの襲来に気づくなんてだれにもできなかった！」トッガーレがいった。「自決など認めない。だが、捕虜の奪回と殺し屋陛下への報復作戦には参加してもらうぞ。そして、自分がまだ生きている理由を考えるのだ。あの巨大なドラゴンたちは、敵を殺せるときにはかならず殺す。おまえも簡単に殺せたはずだ」

ナム＝コはトッガーレ＝ホとともに去っていった。

シマイは両者を目で追ってから、殺し屋陛下たちの巣がある卓状山地へ顔を向けた。偉大なる母が自分たちと殺し屋陛下にすべてを変える新しい掟をあたえたのだろうかと考えた。想像を絶する過去から存在し、この砂漠と同じように決して変わることがないと思われていたこれまでの規律が失われたのか、と。

＊

あれは死だったのか？

《カルミナ》そしてアトランとロワ・ダントンとともに、ダークネス・ブラックホールの潮汐力によって粉々に砕かれたとき、イルナは最初にそう思った。

その記憶に、彼女は凍りついた。

その感情が理由で、イルナははじめて自分の死に疑いをもつようになった。これまでずっと、死んだらなにも感じなくなると思っていたからだ。

なにも見えないはずなのに……やはり見えている。星のない漆黒の空の下、銀色にくすんで輝くさまざまな大きさのピラミッドが、プラチナプレートを敷き詰めた広場をとり囲んでいる。

違う、わたしは死んでいない！　女アコン人は考えた。ここはゼロ夢。ゼロ夢のなか、《カルミナ》の船内にいる。ダークネス・ブラックホールの潮汐力に《カルミナ》が破壊されても、夢のなかの意識としてそこにいるだけのわたしには実害はない。

それでも、なにかがおかしいとイルナは思った。だが、なにがおかしいのかはわからない。

夢見る意識がダークネス・ブラックホールでの大惨事によって別の宇宙へ飛ばされたのかもしれない。もしそうなら、もう二度と自分のからだに戻ることができないだろう。しかし、そのことはあまり気にならなかった。アトランにゼロ夢のなかでさえもう二度と会えなくなったことのほうが、はるかに悲しかったからだ。かれのからだを構成していた物質は崩壊し、ブラックホールの特異点、時間と空間の支配を受けない空間に吸いこまれたにちがいない。既知の自然法則のすべてが無効となる状況がどんなものであるか、イルナには想像すらできなかった。

そのことに気づいたとたん、イルナは深いあきらめを覚えた。無意味になった存在に終止符を打つために、みずからの意識を消す方法を探すが、どうしても見つからない。

すると突然、恐怖を感じた。黒い炎にとり囲まれ、その環がしだいに狭くなっていく気がしたからだ。永遠の忘却を望んでいた彼女は、その炎にみずからの存在の終わりを予感して怯えたのではない。その炎によって、自分の意志だけが消し去られ、意識をのっとられたような気がしたから怖かったのだ。

炎から逃れたいという思いが、あらたな力になった。イルナは黒い炎の力に抵抗する。次の瞬間、炎が崩れ去った。遠くへ退いた炎を背景に、青白い顔が浮かび上がり、黒い目で見つめてきた。その顔は全身をおおう修道服に似た黒いローブの穴から浮かび、孤独と郷愁、そして知恵と力を漂わせていた。

「イルナよ、ここにいてはならぬ！」不気味な霊がいった。その言葉は空気を伝わってイルナに届いたのではない。そもそも、その顔は口すら動かさなかった。イルナの魂に直接焼きついたのだ。

「エイレーネに危機が迫っている！」次の言葉がイルナの意識に浮かんだ。「助けられるのはそなただけ。イルナよ、エイレーネを救え！」

「エイレーネを救う」イルナは約束した。「でも、どうやってここを出ればいいの？」

「わたしにはそなたをここから出すことはできる」その姿がいった。「だが、そこから先に進む方法は、自分で見つけねばならぬ」

その姿は消え、銀色のピラミッドは粉々に砕け、闇が切り裂かれた……

＊

砂漠の上には霧が立ちこめていた。なんとも言えない音が聞こえてくる。木が砕けるような、翼が羽ばたくような、爪がこすれるような音が。だが、霧のせいでなにが起こっているのかはわからない。

ゼロ夢にあるバス＝テトのイルナは霧を抜け、五、六頭の巨大な飛竜がトロナハエの砂上帆船を破壊し、キャビンからつかみ出したエイレーネを絨毯にくるんで空中に持ち去るのを見た。

まるで生身のからだでそこにいるかのように、すべてがはっきりと見え、音も聞こえているというのに、エイレーネを助けることはできなかった。

そのときになって、イルナはあの不気味な霊がいった意味深長な言葉の意味を悟った。

〝そこから先に進む方法は、自分で見つけねばならぬ〟

〝そこ〟とは、ブガクリスのパララクサムの六次元無限ループのことなのだ。ブガクリスのパララクサムになんらかの重大な変化が起こり、時空間の放浪から戻ったイルナの意識がそこに閉じこめられているのである。

そして、イルナにはゼロ夢のなかでだけ無限ループを抜け出ることができた。

だが、そこにまちがいが潜んでいた！　女アコン人は気づいた。だから、なにもうまくいかなかったのだ。わたしの意識はずっとパララクサムの無限ループに囚われていた。

そしてゼロ夢は偽のゼロ夢だった。偽のゼロ夢は客観的な現実ではなく、ずっと自分の精神世界にあった。

　それでも、宇宙のあらゆる時間とあらゆる空間に存在するすべての点がほかのすべての点と隣接している原子未満レベルにおける非空間構造を利用することで、間接的には客観的な現実を垣間見る《かいまみ》ことができた。

　相互依存の法則が示すように、物質宇宙は関連する事象でできたひとつの網なのだ。だからこそ、偽のゼロ夢に落ちこんだわたしにも、突然のひらめきのように客観的現実が洞察できるのだろう。女アコン人は悟った。このままつづけていれば、死者にも、まだ生まれぬ者にも出会えるだろう。原子未満レベルでは、過去も現在も未来も、永遠に同時なのだから。

　あの霊はおそらく、偽のゼロ夢がわたしの精神世界につくりだしたもので、そのため客観的現実とはかならずしも一致していないはずだ。女アコン人は考えつづけた。

　だが、エイレーネに危機が迫っているというのは、客観的現実と一致していた。その証拠に、いま、真のゼロ夢のなかで、その情景を見ているではないか。

　おそらく、《カルミナ》船内の情景もまったくの幻ではないはずで、アトランは実際に危機に直面していると考えられる。あるいは、死を覚悟で危機に飛びこもうとしているのかもしれない。

　でも、意識がパララクサムの無限ループに囚われているわたしに、どうすればエイレーネとアトランを救えるの？　イルナは絶望しそうになった。

だが、そう考えたことで、イルナは自分がもはやパララクサムの囚人ではないことに気づいた。もしいまもパララクサムに囚われているのなら、無限ループを抜けて殺し屋陛下によるエイレーネ強奪の瞬間に立ち会えるはずがないのだから。

おそらく、無限ループの六次元構造には自己修復力のようなものが備わっていて、変化をもとどおりにしたのだろう。

つまり、ループを抜けたということだ！

問題は、からだがゼロ夢の力の届く距離にあるかどうかだ。だが、エイレーネがいまだにブガクリスにいるということは、《クレイジー・ホース》もまだ嵐の惑星にあり、船内には自分のからだもあるはずだと、イルナは考えた。仲間が自分を見殺しにして星を去ったとは思えなかった。

わたしもあなたたちを見捨てない！　イルナは心に誓った。そのためにはまず、ドラゴンたちがどこへエイレーネを連れていくのかを見届けなければならない。そのあとでからだに戻ってから、あらゆる手段をもちいてゲシールとペリーの娘を解放する。

もうすぐだ！

エイレーネの救出に成功すれば、ただちにフェニックスへ戻り、わたし抜きで危険を冒そうとしているアトランをとめなければならない……

8

プトラナイたちに奇襲をかけてエイレーネを救うために、リオン・ウィングが五名の自由商人とともに一機のスペース＝ジェットに乗りこんだまさにそのとき、トロナハエの密使がやってきた。

その者はまだ薄暗い夜明けどきに、船長がトッガーレのナム＝コと対面した場所、山間の凍った湖にあらわれた。湖のようすが常時モニターにうつしだされていたので、密使の出現にリオン・ウィングはすぐに気づいた。

「エイレーネに関して、なにか新しい情報をもってきたのかもしれない」ウィングがいった。「奇襲はやめて、あいつの近くに着陸だ」

船長代理として司令室にいたカーシャム・タルにそう伝えてから、ウィングはスペース＝ジェットを発進させた。

数分後、空飛ぶ円盤はたったひとりでやってきた砂漠の息子の近くに着陸した。

ウィングが降りて、その者に歩み寄る。

トロナハエは力つきてかれの胸にもたれかかり、こうささやいた。

「ロク・ラヒーとクン＝リーからの伝言です。かれらは交渉に応じます。それまで、捕虜の身柄の安全は保証します。プトラナイは……」男は倒れこんだ。

「意識がない」リオン・ウィングがいった。「むりもない。徹夜でここまで走ってきたのだろう。惑星オクストーンなら一歩も進めずに死んでしまうような、こんな細いからだで」

ウィングはその男を肩に担ぎ、スペース＝ジェットに乗せた。

「《クレイジー・ホース》へ戻るぞ、グルシュキン！」作戦メンバーのエプサル人に命じた。「砂漠の友たちは平和的解決を望んでいるようだ。ありがたいことに、これで麻酔ビームやパラライザーを使う必要がなくなるかもしれない」

グルシュキンは返事をしてからすぐに円盤艇をスタートさせて、急角度で高度を上げた。

「でも、ベックリンの問題が解決していません、船長」しばらくしてグルシュキンが口を開いた。「かれになにがあったのか、調べなければなりません。それに本当に死んだのなら、すくなくとも、かれの栄誉を称えて埋葬しないと」

「わかっている」ウィングが答え、倒した成型シートに横たえた意識不明の男の頬をなでた。「ドクター・レスターがこいつの意識をとり戻したら、ベックリンのことをくわしく説明させよう。なにをするかは、そのあとで決める」

コックピットの通信装置が音を立てた。ウィングが映像通信を起動する。

スクリーンにヌリア・ガイ・ツァヒディの顔があらわれた。

「戻ってきました」ヌリアがうれしそうに叫んだ。「イルナの意識が戻りつつあります、リオン！　これで問題はなくなりました。彼女なら、ペドトランスファーで、プトラナイの権力者の意識をのっとって、エイレーネを解放させることができます」

リオン・ウィングの目が喜びで満たされた。

「やっとだ！」と、つぶやく。「イルナはもうだめなのかとあきらめかけていたが、これですぐにでもフェニックスへ戻ることができる」

「でもその前に、イルナにエイレーネを救いだしてもらわないと」ヌリアが反論した。

「その必要もなさそうだ」オクストーン人がいった。「トロナハエが交渉の意志を示した。貴重な物品と引き換えに、エイレーネを引き渡すつもりだろう」

「よかった！」ヌリアがほっとため息をついた。「もちろん、暴力をもちいるよりもそっちのほうがよっぽどましです。でも、その交渉が友好な関係を築く敷石になるとは思えません。それに、トロナハエにハイテク機器を譲り渡すことは許可されていません」

ヌリアは首を横に振った。「決してすべてが丸く収まるわけではありません。山の民のことも考えないと。トロナハエに山ほどの貴重品を差しだせば、山の民が妬《ねた》んで、われわれとの友好関係にひびが入るかもしれません」

「妬み！」ウィングがわずらわしそうにくりかえした。

「人間が人間であるかぎり、妬みは決してなくなりません」女サン人がいいはなった。

「それがまちがいでないことは、〝ドレーク〟メンバーが起こした反乱を見るだけでわかります。あの反乱に妬みが関係していなかったなんて、だれにもいえません」

「あまりネガティヴに考えすぎるな！」オクストーン人がいつになくやさしく話しかけた。「人間の心は善の部分のほうが多いと信じられなくなったら、わたしはもうこれ以上人類のために戦うことができなくなってしまう。だが、きみのいいぶんももっともだ、ヌリア。この点については、イルナが話せるようになってから相談するとしよう。彼女が、まもなくそこまで回復すればいいのだが」

「ドクター・レスターはそう確信しているようです」女サン人がいった。

＊

コヴァル・インガードは丈の短いスキー板で斜面を滑り、いつもの離陸速度を超えてもスキー板を地面から離すことなく、頭上に浮かぶハンググライダーを加速させた。

そして滑空速度に達したときにはじめて、コントロールバーに軽く圧力を加えて飛行体勢に移る。

グライダーはほぼ水平に空中に飛びだしたのち、テラニア卓状山地の西斜面を吹き昇る上昇気流にのった。殺し屋陛下の骨でつくった枠組みが甲高い風切り音をたてる。ゆっくりと両脚を引き、固定具を解放して、スキー板を谷底へ落とした。もう必要ないからだ。氷や雪に着陸するつもりはなかった。

前兆の印を刻まれし者は左右をちらと見て、アサ・マニングとシャン・ホルカウも無事に斜面を抜け、二十メートル間隔で追従《ついじゅう》しているのを確認する。

つづけて下を見た。風が冷たく、目を細める必要があったが、そうまでしてでも視線を下に向ける価値はあった。まさに息をのむような光景だった。三名のハンググライダーの下には、数キロメートルにわたってクリスタルのように透きとおった空と、一面たいらで真っ白な凍った西湖があるだけだ。

だが、高度をさげると表面が決してたいらではないことがわかった。冬のはじまりに吹いた強風と水流の影響で幾層にも積み上げられて数メートルの高さになった氷塊が、本格的な冬の訪れでひとかたまりの氷山となっていて、その下半分は雪に埋もれ、上半分はいまも雪と氷の嵐に襲われていた。

およそ千メートルの高みから、コヴァルの目は同じ形をした丘がいくつも集まっている地形をとらえた。遠くから見れば、パウダーシュガーをまぶしたナッツの殻の半分が、氷山のあいだに密集しているように見える。〝ナッツの殻〟という言葉をかれに教えたのはエイレーネだった。

だが、丘のように見えるそれらはナッツの殻ではなく、実際には海の悪魔たちの大きな住居ボートだ。冬が訪れるとかれらはボートを単純にひっくり返す。そうすることで、ボートはほかの《バジス》乗員とともにブガクリスに不時着したエルトルス人、超重族、エプサル人の末裔とかれらの物資を寒さから守る冬のすみかに早変わりするのだ。

しかし、コヴァルはすぐに思考をもとに戻した。トロナハエがエイレーネを捕獲し、処刑するつもりだと聞いて以来、ずっと彼女のことを考えていた。その知らせを聞いて、故郷に戻ってから二カ月ほどかけてゆっくりととり戻した精神のバランスが、いっきに崩れそうになった。

ようやく、エイレーネのことを、そして彼女と自分のあいだにはしった、決して消えることがないであろう亀裂のことを考えずに生活できるようになったというのに。彼女のことを忘れられたというのに。それがいま、そのエイレーネが窮地に立っていると知って、コヴァルは彼女の救出を試みることに、一瞬の迷いもなかった。

およそ八百メートルの高度で、コヴァルはグライダーを北東へ向けた。卓状山地の北斜面に対して、猛烈な下降気流に引きこまれないぎりぎりの距離にまで近づき、その高度を保って仲間とともに大陸中央にある砂漠へと向かった。そのさい、殺し屋陛下に対する警戒も怠らない。この地域ではこれまでもハンググライダーが襲われたことが何度もあった。そのような事態に備えて、コヴァルと仲間は毒を仕こんだクロスボウを携えていた。機動力に富む恒温トカゲに対して、純粋な鉄の矢だけで空中戦を挑むのは無謀だった。

ところが三名の山の民にとっては意外なことに、その日は一頭たりとも殺し屋陛下が襲ってこなかった。まるで、冬眠をしているかのようだ。だが実際には、冬眠をしない殺し屋陛下は、ブガクリスの長い冬にこそ多くの栄養を必要とするのである。

偉大なる母のドームとそれをとり囲む数百隻の砂漠の船が見えてきたとき、山の民たちはコントロールバーを引いてハンググライダーの角度を変え、風の抵抗を減らして速度を増した。それとともに高度を失ったので、船団の南数百メートルの地点を低空飛行で滑空した。

そのため、突然の上昇気流に細心の注意をはらう必要があった。恒星が天頂近くにあったため、砂漠の砂が温められ、ところどころ熱気が塊りや泡となって立ちのぼっていたからだ。そうした場所の周囲では乱気流が生じる。

当然、かれらのハンググライダーはトロナハエによって発見された。コヴァル・インガードはそう想定していたので、奇襲を仕掛けるつもりはなかった。トロナハエたちの近くを通り過ぎたコヴァルと仲間は向きを変え、風に逆らってさらに高度をさげた。そして地面すれすれの高さで滑空しながら徐々に速度を落とす。そのまま、砂漠の船のあいだを縫うように進んだ。

プトラナイの旗艦の前に出た三名がコントロールバーをぐっと押しこむと、風の抵抗がいっきに増えて残りの前進エネルギーがまたたくまに消費され、旗艦の数メートル前でハンググライダーは停止した。

まわりの船からそのようすを見ていたプトラナイとトロナハエたちが、山の民の見事な操縦ぶりに喝采を浴びせた。数名のプトラナイがロープを伝って地面におりてきて、パイロットたちがハンググライダーをたたむのを手伝った。

山の民がドラゴン＝オゴールに乗りこむと、トッガーレ＝ホが出迎えた。クロスボウは置いてきている。

コヴァルとトッガーレ＝ホは初対面ではないにもかかわらず、挨拶はぎこちないものだった。

「テラニア山のコヴァルよ、ここになにをしに？」クン＝リーがたずねた。

「表敬訪問だ」コヴァルは嘘をついた。

そしてさりげなくドラゴン船のキャビン構造を確認し、つい最近修理された痕跡があることに気づいた。甲板下に通じる階段の扉の左右に重装備した警備兵がいることも見逃さなかった。

あの奥にエイレーネがいるにちがいない。

だが、あの修理はなにを意味しているのか？　嵐に襲われたのだろうか？　それともドラゴン＝オゴールは襲撃を受けたのか？

トッガーレ＝ホの鋭い目は、コヴァルの視線の動きを見逃さなかった。そしてほほえみながらうなずく。

「頼みがある」クン＝リーはいった。「山中に停泊している星の旅行者たちを相手に交渉をするつもりなのだが、きみはかれらのことをよく知っているそうだな。それに、きみのカイトのほうがわれわれよりも速い。われわれが山にいくには、行程の半分を歩かなければならんからな。きみにはきっと、われわれの交渉内容もわかっているのだろう」

コヴァルはためらいがちにうなずいた。

「だいたいの予想はつく、クン＝リー。だが、まずはきみたちの捕虜に会わせてくれないか？」

クン＝リーが固まった。

「それはできぬ」迷いなく断った。「必要でもない」

その声に、コヴァルは異変を感じとった。エイレーネのことが心配になる。まさか、殺してしまったのか？

むりして笑顔をつくり、クン＝リーの横を通り過ぎて、キャビンの扉に歩み寄る。

「まあ、そういうな、トッガーレ＝ホ！」あえて笑った。「わたしが捕虜との交換を交渉するのなら、その捕虜をこの目で見ないことには、価値がわからないではないか」

クン＝リーがとめようとしたが、アサ・マニングとシャン・ホルカウがその道をふさいだ。

扉の左右の警備兵はどう対処すべきか迷った。最終的には手にもった投げ槍を扉の前で交差させたが、そこには断固とした意志がなかったので、コヴァルはその槍をつかみ、なんなく脇へどけることができた。

警備兵はその動きに引きずられ、コヴァルの左右でよろめいた。だが、すぐに気をとりなおして、いつもの戦士に戻った。

からだを回転させて戦斧を山の民のリーダーに投げつける。だが、コヴァルも身軽さでは負けない。すでにキャビンに足を踏み入れ、背後で扉を閉じて斧を防ぐと、斧の刃が木製の扉に食いこんだ。

だが、キャビンはもぬけのからだった。コヴァルはエイレーネが船にいないことをすぐに悟った。

次の瞬間、クン＝リーと十名を超えるトムラーデたちがキャビンに押し寄せてきて、コヴァルにつかみかかった。コヴァルは抵抗しない。すべての感情が死んでなくなったかのようだった。

「彼女になにをした？」コヴァルはトッガーレ＝ホにたずねた。「殺してしまったのか？」

「なぜそんなことをきく？」クン＝リーの声は怒りに満ちていた。

「エイレーネとわたしは友だったのだ」コヴァルが抑揚を失った声でいった。「親友だ。彼女を殺したのなら、きみらの部族とわれらの民のあいだに敵意が生まれるぞ」

クン＝リーの顔に最初に理解が、次に動揺が浮かんだ。

「なにもしておらん」クン＝リーは断言した。「いまはその言葉だけで満足してくれ！だが、問題が解決するまで、きみにも、きみの仲間にも、ここにいてもらう」

アサ・マニングとシャン・ホルカウがキャビンに押しこまれた。その両手は背後で縛られ、コヴァルの両手も革紐で結びつけられた。プトラナイがキャビンを出て、扉を閉じ、鍵をかけた。

「なにかがにおうぞ」シャン・ホルカウが悪態をついた。

「わたしではないぞ、友よ」どこからともなく声が聞こえてきた。

ふたつのランプがキャビンを照らしていた。そのうちのひとつの近くにあった物陰から、おや指ほどの大きさの何者かがあらわれた。

コヴァルはそれが《クレイジー・ホース》の装備担当のシガ星人であることにすぐに気づいた。

「ポルックス・トロリンガー！」思わず叫んでしまった。

「静かに！」開いたセランのヘルメット越しにシガ星人がいった。「第一に、エイレーネは殺し屋陛下にさらわれたが、まだ生きている。第二に、わたしはある作戦のためにここにいる。重傷を負ったベックリンを偉大なる母から救いだしたのだ。第三に、わたしの仲間はきみたちが捕らえられたことを知って、デフレクターなどの装備を整えたうえですでにこちらに向かっている。第四に、われわれがきみらを、クン＝リーたちに気づかれることなく救出し、《クレイジー・ホース》へ連れていく。第五に、ぜんぶわかったか？」

「もちろんだ！」感情の浮き沈みをこらえながら、コヴァル・インガードがささやいた。

「だが、《クレイジー・ホース》ではなく、テラニア山へ連れていってくれ」そして頭のなかで、〝そこからなら、エイレーネがいる殺し屋陛下の巣に奇襲をかけられる〟と付け加えた。

9

バス＝テトのイルナは《クレイジー・ホース》の医務室で、ポルックス・トロリンガーが無線で伝えてきたトクルント人エシュクラル・ノグヒム・ドラグスの到着を待っていた。

そのイルナを、つきっきりで看病したのがドクター・ハワード・レスターだ。ドクター・レスターが、人体の発するオーラを分析する特殊シントロン装置をもちいて、彼女の生体機能を検査した。

女アコン人はすなおに従った。まだ体調が万全ではなく、ドクターに抵抗する気力がなかったのだ。精神が〝不在〟のあいだ、彼女の肉体は生命維持装置につながれ、生存に必要なものはすべて供給されていたのではあるが、運動をしていなかったため、臓器の多くが衰弱していた。

そこに加えて、イルナはからだに戻ってきてすぐに活動を開始したため、残りすくなかった精神と肉体のエネルギーを使い果たしてしまったのだ。

たとえば、戻ってすぐにゼロ夢を通じて、エイレーネがもっとも高い卓状山地にある殺し屋陛下の最大の巣にいて、意外なほどに手厚い扱いを受け、衣服や食糧には困っていないことを確認した。それだけではない。別のゼロ夢を通じて、偉大なる母をとり囲んでいる船団へと意識を送り、エシュクラル・ノグヒム・ドラグスの消息を探ったのである。

そして、重傷を負った《クレイジー・ホース》の火器管制官を偉大なる母のホール内で見つけ、デフレクター発生機を装備した救出部隊を送りだす命令をくだした。

そこでイルナは力つき、全身から冷たい汗を流しながら、壁にもたれかかった。

「すぐに医療タンクに入ってください」ドクター・レスターが心配そうにいった。

「わかってる」女アコン人が力なく答えたが、頭のなかではそこにいない二名のことを考えていた。「でも、休んでいる暇はないの。いま医療タンクに入ったら、一週間ほど出てこられないでしょう……そのあいだにドラゴンたちがエイレーネになにをするかわからない」

「ですが、このままではあなたが死んでしまう」医師がいった。「あなたがまだゼロ夢能力を使えたのも、そもそも奇跡的なことなんですよ。しかも何キロメートルも遠くへ。あなたのペド能力の半径は最大一キロメートルほどだと思っていました」

「ペドトランスファーはそれぐらいだけど、ゼロ夢は別なの」イルナが説明した。

そして目を閉じ、かつてのイルナとあるサーレンゴルト人の能力の融合によって生じた、極端なまでの自己治癒力と回復力を励起するために、自己催眠を利用したセラピーをいくつか行なった。

数分後には、すこし気分がよくなっていた。そのとき、医療ロボットがベックリンを連れてやってきた。

宙に浮くハチの巣のような形の医療ロボットの内部に横たわり、すでに手術の準備が整っていた重症患者の手当てを、ドクター・レスターがすぐにはじめた。

「本当にラッキーでした」ベックリンの状態を調べ終えた医師がいった。「もしかれの心臓が腹部ではなくて左胸にあったなら、矢が直撃して即死だったでしょう。でも実際には矢は左の肺を貫いただけで、しかも矢がからだを突き抜けなかったので、傷口は前もうしろも矢でふさがれていました。治療が遅れたので、命の危険はありますが、かれなら乗り越えられるでしょう。まずは状態を安定させて、そのあとで手術しようと思います」

「本当によかった」イルナがいった。「もし、矢のあたるのが数秒でも早かったなら、ドームの外で倒れて凍死していたでしょうね。かれは二重の意味で幸運だった」

ポルックス・トロリンガーが小さな反重力プラットフォームに乗ってイルナの目の高さに浮かび上がってきた。

医師の話を聞いたのち、イルナにこういった。

「われわれはベックリンのほかに、プトラナイが捕虜にしていた数名の山の民も解放しました。勇敢にも、自分たちの力だけでエイレーネを救出しようとした連中です」

「山の民？」イルナがなにかを予感して問い返した。「コヴァル・インガードがいたのね？」

「かれと、あと二名の山の民です」シガ星人が答えた。

「またなにかばかなことをしでかす前に、わたしがコヴァル・インガードと話します！」女アコン人がいった。「司令室にいるのでしょ！」

「いいえ」ポルックスが気まずそうに答えた。「あのハンググライダーの連中をここへ連れてこようとしたのですが、コヴァルがテラニア山へ連れていけといい張るので。まずかったでしょうか？」

「とにかく、かれを連れてきなさい！」イルナは声を荒らげた。そして手探りでシートを探しあて、どかりとすわりこんだ。「数分だけ、わたしのことはほうっておいて！」

駆け寄ろうとしたドクター・レスターにいった。

目を閉じ、ゼロ夢に集中する。だが、回復した力は、ゼロ夢を使うにはまだたりなかった。そこでコヴァルのÜBSEF定数を探ろうとしたが、山の民までの距離が千メートルを超えているため、できないのははじめからわかっていた。つまり、絶望からの無意味な行動だったのだが、状況がコヴァルに不利に働いていることを予感するイルナには、なにもせずに静観するなどできなかった。

ところが、距離以外にも、イルナがコヴァルのÜBSEF定数を探知するのをはばむなにかが存在した。

プシオン干渉だ！

女アコン人は、その干渉の特徴が、無限ループ構造を変化させ、つい最近まで自分の意識をパララクサムに閉じこめていた六次元エネルギー流に似ていると思えた。もしそうなら、干渉する対象は変わったとはいえ、干渉インパルスの発生源はいまだに存在するということだ。

ここではじめて、イルナは干渉の発生源がブガクリスにあると考えた。だが、破壊が不可能だと思えるパララクサムの中心ではない。どこかほかの場所だ。

おそらく、彼女自身のペド探知インパルスをかき消すだけでなく、まったく別の作用ももつプシオン・インパルスの源がどこかにある。

「気でも触れたのですか！」イルナが探知の試みをあきらめて目を開けたとき、ドクター・レスターが叫んだ。

「ハウィー、あなたはベックリンの面倒を見ていなさい！」イルナは小声ではあったがきっぱりといい、残った力を振り絞って立ち上がろうとした。「わたしはここでのんびりしているわけにはいかないの。コヴァルがばかなことをしないように、そしてドラゴンたちにエイレーネの解放を求めるために、数名の仲間を連れて殺し屋陛下のところへいってきます」

「ドラゴン相手に交渉ですか！」トロリンガーとともに医務室を出ようとするイルナに向けて、レスターが絶望して叫んだ。「あの猛獣どもが平和になるのは、敵のすべてが死んだときだけです」

「以前は、人類に対しても同じことがいわれていた……われわれアコン人に対しても」

イルナはそう答えて出ていった。

＊

「デフレクターと対探知システムを起動」ヌリア・ガイ・ツァヒディが操縦席でいった。

イルナはただうなずく。頬はこけ、唇は血《ち》の気《け》がなく、目はほとんど閉じている。何度か気を失ったため、両手はシートの肘かけをしっかりと握っていた。

《クレイジー・ホース》の宇宙心理学者であるマランダ・シンが左のシートから心配そうに横目で見つめているが、なにもいわなかった。

「イルナ、あなたの助けが必要です」ヌリアがいった。「エイレーネが捕らえられている場所をゼロ夢で見たのですよね。ここからその場所が見えますか？」

女アコン人は大きく息を吸い、力を振り絞って周囲を観察した。イルナらの乗るスペース＝ジェットは姿を隠して、三分の二が氷河でおおわれている広い谷の上空を音もなく飛行した。まわりを眺めると、五つの卓状山地の頂上台地が見える。その日、空はいつになく青く、雲がひとつもなかった。

「もっと高く！」イルナがいった。

ヌリアが高度を三百メートル上げると、頂上台地を見おろすことができた。この日ほど遠くまで見渡せることは、めったになかった。肉眼でも、白く輝く雪におおわれた台地と、とても暗く見える峰と山林を二百キロメートル先まで見通せる。

「あそこ！」イルナが叫んで指さした場所には、ほぼ黒といえるほど暗い色をした大きな卓状山地があり、その台地の中央には、直径が一・五キロメートルほどの漏斗状のくぼみが口を開いていた。「古い火山の噴火口からいまだに熱いガスが出ているので、あそこには雪が積もらないの。あの卓状山地の外縁の洞窟に殺し屋陛下のほとんどが生息していて、そのうちのひとつにエイレーネがいる」

女サン人がうなずき、加速した。数分後、スペース＝ジェットが〝オールド・ブラック・テーブル〟と呼ばれる雪のない卓状山地に到達した。そこから、ヌリアは斜面からおよそ百メートルの距離を保って円盤艇を旋回させる。

「待って！」数分後、イルナがいった。「たぶん、あの洞窟だと思うわ」指でその方向を示す。「でも、確実じゃない。いったんとめてちょうだい、ヌリア！　ペド探知をやってみます。ここからなら、干渉インパルスを乗り越えられるかもしれない」

女アフロテラナーが円盤艇を大きな洞窟の入口付近で停止させるやいなや、イルナは集中した。そして、すぐにエイレーネのÜBSEF定数を探知した。慣れ親しんだ相手のそれを探知するのは、比較的容易だ。

さらに念をこめることで、イルナはローダンの娘の意識を引きついだ。彼女の目を通して、ぐるりととり囲む、翼をたたんだ八体の巨大な殺し屋陛下が見える。そこは幅が百メートルほどの楕円形の洞窟で、山の民が使っているのと同じようなオイルランプで照らされていた。

イルナが驚いたことに、エイレーネの耳を通じて小鳥の〝さえずり〟のような音が聞こえてきた。あえていうなら、テラのカモメのさえずりに似ていなくもない。

次の瞬間、ヴォコーダー音声が聞こえてきた。

「妥協のない敵対関係と激しい戦いが集落の生活を著しく損ない、生きる意志が弱まりつつあることに、われわれは気づいたのだ。だから、山の民ならびにトロナハエとのあいだに和平を結びたい。だがかれらは、かれらがブガクリスと呼ぶこの惑星を独り占めしようとして、今後もわれわれの駆逐を試みるだろう」

エイレーネがいままさにドラゴン相手に交渉を行なっていることに、バス＝テトのイルナは気づいた。そしてそのさい、グッキーの発案をもとにフェニックスで製造され、《クレイジー・ホース》の乗員に渡された、殺し屋陛下との会話に特化した特殊なトランスレーターを使っていた。イルトは一年前に殺し屋陛下とじかに接触した唯一の銀河系船団の乗員だった。

「そんなことは決してない」女アコン人がエイレーネの口を通じて答えた。

そのときに、トランスレーターのある場所もわかった。エイレーネが身につけていたヘアバンドにとりつけられている。トランスレーターはたいらで、テニスボールほどの直径しかないため、ヘアバンドに仕こむことができたのだ。これはラッキーだった。なぜなら、エイレーネのセランやほかの装備はプトラナイがすべて没収していたからだ。そのため、彼女はいま、ウールの衣服と、プトラナイか、あるいは殺し屋陛下たちからあたえられたにちがいない毛皮のブーツだけを着用している。

「あなたがたが望むなら、わたしが山の民の代表者をここへ連れてきて、山の民に和平協定を尊重することを誓わせる」イルナが説明した。

そのさい、コヴァル・インガードを代表者にするつもりだった。だがそのときになって、百名を超える武装したコヴァルのハンググライダー部隊がいまこの瞬間にもやってきて、殺し屋陛下の巣を襲う恐れがあることを思い出した。もしそうなれば、今後かなりの時間、和平のチャンスがあらたに訪れることはないだろう。

それだけは阻止しなければならない。だが、エイレーネの体内にいてはどうしようもなかった。

そこでイルナはエイレーネの意識に、彼女が知っておくべきいきさつと今後の計画を伝えた。それが終わってようやく自分のからだに戻ってくる。

「月の神よ、感謝します！」イルナが戻ったのを見て、ヌリアが叫んだ。「飛行してくる山の民を、百名以上探知しました。隣りの山に集結しています。まちがいなく、オールド・ブラック・テーブルを襲撃するつもりです」

「あの早とちりめ！」イルナが叫んだ。「そこへ急いで、ヌリア！　十分以内に、かれを平和の天使に変えてみせるわ」

＊

コヴァル・インガードのもとへ向かいながら、イルナは女サン人に、偉大なる母の難破船内でエイレーネとベックリンがなにをしたのかをたずねた。そして、なぜその後、エイレーネとトロナハエが奇妙な行動をはじめたのかも。

それ以外のことは、訊かなくても理解できた。

「かつてのハウリ人はプシ・ジェネレーターの利用が得意だったか、あるいは単純にヘクサメロンの信徒の従順な見習いとして、ヘクサメロンの信徒の命を受けて、プシオンの力を駆使してタルカン宇宙のほかの種族を服従させていた」話すことさえ苦痛であるはずなのに、イルナは説明した。

「ハウリ人の船の多くがプシ・ジェネレーターを装備していたことは、よく知られています。あの難破船にもきっとあるはず。エイレーネはそれに気づかず、知らず知らずのうちに起動してしまったのでしょう。

カタストロフィを経験してブガクリスに墜落したときにプログラムが破損したのかもしれないし、そうでないなら、墜落から七百年もたって、ジェネレーターにガタがきたとも考えられます。そこに加えて、ほぼ空になった充電装置から規則的でも充分でもないエネルギーが送られてきた。

その結果、ジェネレーターがでたらめに混乱したプシオン・インパルスを放出してしまったと考えて、まちがいないでしょうね。そのインパルスの影響で、トロナハエは偉大なる母へ集結するよう呼びかけられたと感じ、パララクサムの無限ループに混乱が生じてわたしの意識が偽のゼロ夢に囚われ、そしておそらく催眠下で命令を受けとったエイレーネが、早まって偉大なる母へ突入してしまった。

もしかすると、このインパルスはドラゴンたちにも作用しているのかもしれない。このところ、殺し屋陛下が山の民やトロナハエを襲っていないのがその証拠です。突然かれらが和平を申し出てきたのも、それが理由かもしれません」

「確かに！」ヌリアが驚きの声を上げた。「ですが、もしそうなら、プシオン・インパルスが消えたら、ドラゴンたちはまた獰猛になるはずです」

「わたしはそうは思いません」イルナが応じた。「以前、パララクサムで聞いた話を覚えています。それによると、アフ＝メテムがドラゴンをヘクサメロンの従者にする目的でかれらの分子脳を操作しようとしたそうです。でも、それに失敗して、ドラゴンたちは極度に攻撃的になった。プシ・ジェネレーターの発するでたらめなインパルスが、この操作の名残をドラゴンの心理から一掃したのではないかしら。もちろん、これはあくまでも推測にすぎないわ。いずれにせよ、ブガクリスに生きる種族のあいだに和平協定を結ぶ機会を逃すわけにはいきません。もちろんドラゴンもそこに含まれます」

ヌリアの表情に同意の笑みが浮かぶのを見届けたのち、イルナはまたも意識を失った。むりをしすぎたのだ。

意識をとり戻したとき、スペース＝ジェットは狭い谷間に停止していた。サン人の女性とマランダ・シンはすでに降機していて、コヴァル・インガードひきいる百名を超える重装備した山の民の戦士をなんとか説得しようとしていた。

イルナは自分の力だけでは、ジェットから降りることすらできなかっただろう。だが、ピココンピュータへの命令に応じるセランを着用していた。

そこで、みずからの身体能力をほとんど使わずに行動できるように、セランにいわばシントロン制御できる自分の外骨格になることを命じ、スペース＝ジェットから出るように指示した。

円盤艇から出てきたイルナに、コヴァルが顔を向けた。その表情を見るかぎり、ヌリアと宇宙心理学者はかれをすでに九割方説得できていたようだ。

「長話をするつもりはありません、コヴァル！」イルナはセランの外部スピーカー越しにいった。実際、いまの弱ったからだでは、その外気温に長時間たえられそうになかった。「オールド・ブラック・テーブル内でエイレーネが殺し屋陛下と交渉しています。ドラゴンたちは平和を望んでいますが、ブガクリスを訪問しているだけのエイレーネ相手に協定を結ぶわけにはいきません。コヴァル、あなたが山の民の代表としてかれらのもとにいき、話をつけるべきです。この惑星で、偉大な平和の使者として行動し、和平協定の締結だけでなく、のちにもその平和の守護者として、すべての種族に協定の遵守《じゅんしゅ》を保証させる役割を担えるのは、わたしたちギャラクティカーとともにほかの場所でたくさんの経験を積んできたあなただけです」

コヴァル・インガードの顔が赤くなった。

「わたしは、それにはまだ若すぎで……」反論をしようとする。

しかし、マランダ・シンがそれをさえぎって、こういった。

「きみは、きみの民族のどの長老たちよりも多くを見てきた、コヴァル。それに、あらゆる点できみの人格も鍛えられた。きみなら、この世界の全種族を代表する平和のシンボルになれる」

「わかった」コヴァルがいった。「でも、トロナハエたちもいます」

「かれらも平和を望んでいるわ」ヌリアがいった。「それに、もしかれらが自分たちに有利になるように和平プロセスをじゃまするようなことをしたら、エイレーネがかれらに、かれらが乱暴なプトラナイと共謀して、自分たちの利益のために彼女の誘拐をくわだてた事実を思い出させるはずよ」

「エイレーネとわたしが、古い難破船のプシ・ジェネレーターを壊すことに成功すれば、状況はさらに有利になるでしょう。トロナハエたちは偉大なる母の呼び声が突然聞こえなくなり、あそこに集結した理由も忘れるでしょうから」イルナが付け加えた。

コヴァル・インガードは大きく息を吸い、仲間の山の民に向きなおった。

「わたしはこの話にのろうと思う」と大声で話しかける。「みんなはどう思う？」

はじめはためらいがちなつぶやきだった返事が、またたくまに真の喝采へと成長した。ふたたび静かになったとき、ヌリアは仲間に担ぎ上げられてひときわ目立っているその若者に声をかけた。

「さあ、コヴァル！　最後の仕上げよ」

10

「ここだわ！」エイレーネがつぶやき、震える手でいまだボタンがさがったままの四角いフィールドを指さした。

フィールドはまだ鈍く輝いていて、ときどき不規則に点滅した。

バス＝テトのイルナはエイレーネの肩に腕をまわす。ローダンの娘は全身が震えていて、汗をかいていた。立っているのが精一杯といった感じだ。

女アコン人にはその理由がわかっていた。

プシ・ジェネレーターがいまだに不規則なインパルスを発しているのだ。エイレーネは特に敏感なのだろう。精神的に文字どおり動揺し、いまにも卒倒しそうだった。

「落ち着いて！」イルナがやさしく励ます。「もうすこしの辛抱よ」

しかし、その言葉はただの希望にすぎない。同時に、両者には、いや、ブガクリスで暮らすすべての知的生命体には、わずかな時間しか残されていなかった。

惑星の平和の使者の呼びかけに快く応じて、和平協定を結ぶために偉大なる母のもとへ出向いてきた殺し屋陛下の代表団は、すこし前から態度を変え、対話を拒むようになった。はじめのうちは前向きだったトロナハエもためらいはじめた。そして、砂漠の船を並べて楯にして、その背後に立てこもった。それどころか、古くからの敵対心にふたたび火をつけ、プトラナイを攻撃しようともした。

だが、イルナが急いでトロナハエの代表者であるロク・ラヒーをペドトランスファー能力でコントロールし、砂漠の息子たちに自分たちの名誉を思い出させたことで、ひとまず難を逃れることができた。だが、いまの状態がいつまで維持できるか、イルナにもわからなかった。

とにかく、プシ・ジェネレーターをすぐにでもとめる必要があった。さもなくば、和平への努力はすべて水の泡となり、厄災を呼び寄せてしまう。だが、武力をもちいるわけにはいかない。トロナハエの聖域を傷つけてはならないからだ。また、へたなまねをすれば、難破船の自爆機構が働いてしまう恐れもあった。

エイレーネの震えがすこし治まったので、イルナが肩をつかんで、エイレーネのからだをゆっくりと中央司令室のコンソールに向けた。非常灯はそこにやってきたときにすでにともしてある。

「プシ・ジェネレーターが起動したとき、あなたとベックリンがどれをどの順番で押したか、正確に思い出して！」イルナはいった。

　エイレーネは一度鼻をすすり、乾いた唇を舌の先で湿らせてから、プレートのひとつを指さした。

「船載ポジトロニクス」エイレーネは説明をはじめた。「ベックリンがそのプレートを押したら、ポジトロニクスがスタンバイ状態に切り替わった」

　しばらく考えこんでから、別の細長いスイッチを示す。

「コンピュータ・ログのスイッチ。これもベックリンが押した。そしたら、光っていたインジケーターの一部が暗くなって、ハンゴル語で五つの数字が聞こえてきた。するとこの四角いフィールドの十二のボタンが光って、そのうちのひとつがプシ・ジェネレーターを起動した」

　イルナが押しさげられたままのボタンを押したとき、エイレーネは思わず息をとめた。だが、今回もボタンは動かなかった。

「むだだとは思ってたけど、やってみただけよ」イルナがいった。そして十二のボタンを眺めながら考えこむ。「その声が伝えてきた数字は？」

「確か」エイレーネはしばらく考えてからこう答えた。「四、九、二、三、五」

「そこになにかの意味があるはず」女アコン人がいった。

「数字に対応しているボタンを押したけど、なにも起こらなかった」エイレーネが付け加えた。

イルナはコンピュータ・ログのスイッチを見つめ、そこに手を伸ばし……そのとき手首の通信装置が鳴った。

「だれ？」イルナはたずねる。

「オブザーバーのポルックス・トロリンガーです！」《クレイジー・ホース》装備担当者のシガ星人のか細い声が聞こえてきた。「われわれの頭上をおよそ七十の殺し屋陛下が旋回しています。プトラナイとトロナハエも、かれらの船の奥で戦闘態勢を整えています。リオンにもこの情報を伝えました。いざというときには麻痺ビームで介入できるように、船でこちらに向かってきます」

イルナの全身に緊張がはしったが、それを声には出さなかった。

「ありがとう、ポルックス」と礼をいう。「わたしも急ぎます」

「厄介なことになったわ！」接続が切れたのを確認して、イルナはささやいた。「もうリスクを冒すしかないわね」

そのとき、目の端でなにかが動いた。イルナはかつてアコンのエネルギー・コマンドだったころに身につけた早業を生かして、エイレーネがホルスターから抜いた武器をたたき落とした。コンビ銃は床に落ちた。

エイレーネは悲鳴を上げ、別の手でサバイバル・ナイフに手を伸ばした。

「悪いけど、そうはさせないわ！」イルナはいって、エイレーネの首の横に手刀を振りおろす。

そして意識を失って崩れそうになった女テラナーを抱きかかえた。

「だめ、これ以上待てない！」ひとりごとをいう。

一瞬意識が朦朧としたが、目の前に広がった闇をはらいのけると、すこし気力が回復した。そして唇をかみしめ、片手をコンピュータ・ログのスイッチに置き、最初に四回連続で押し、すこし待ってから九回、次に三回、最後に五回押した。

手首の通信装置がまた鳴った。それには応答せず、まるで催眠術にかかったかのように、プシ・ジェネレーターを起動し、厄介事の連鎖反応を引き起こしたボタンを眺める。

次の瞬間、そのボタンが明らかな音を立てて戻り、四角いフィールドの光が消えた。

イルナは通信装置に抑揚のない声でいった。

「イルナよりポルックスへ！　外のようすはどう？　ジェネレーターは停止したはずよ」

大きなため息につづいて、シガ星人の声が聞こえてきた。

「奇跡です！」細い声がいった。「奇跡が起こりました！　いまにもトロナハエと殺し屋陛下が衝突しようとしていたのですが、いまはどちらも引いて、なんだか、しゅんとしています。説明がへたで申しわけありません！」

「謝る必要なんてないわ、ポルックス」そう答える女アコン人は、いまになって膝が震えはじめた。「リオンがよけいなことをしないようにだけ、注意して！　わたしもエイレーネをつれて、できるだけ早く、ここを出ます」

＊

恒星サンドラが沈み……ふたたび昇ったとき、偉業が成し遂げられた。

トロナハエ、殺し屋陛下、そして山の民が、ブガクリスの平和な未来のために、和平および相互支援協定の詳細で合意した。

そのさい、コヴァル・インガードがじつに精力的に立ちまわり、みずからを指導的立場にふさわしい人物と印象づけ、獰猛なドラゴンたちも含め、すべての陣営から一目置かれる存在になった。

美しく、そして知的な空の支配者たちは、それまで知られていなかったまったく新しい側面を見せ、意外なまでに温厚で協力的だった。どうやら、ヘクサメロンによるかつての操作が、かれらをだれに対しても獰猛で敵対的な存在に変えていたようだ。トロナハエと山の民はかれらを殺し屋陛下と呼ぶのをやめ、かつて大型翼竜たちがみずからを呼ぶさいにもちいていた名称〝ティルシュン〟を使うことに決めた。

その日のうちに卓状山地から数多くのティルシュンたちがやってきて地上におり立った。ハングライダーを駆る山の民と肩を並べて飛行するティルシュンもすくなくなかった。

正午ごろには、ほぼすべてのティルシュン、山の民、そしてトロナハエが砂漠に集結し、偉大なる母をとり囲んでいた。かれら全員が、コヴァル・インガード、そしてティルシュンとトロナハエの代表者が和平協定を結ぶために盛大に行なった調印式の目撃者になった。

その全員が固唾《かたず》をのむなか、コヴァルが最大の砂漠の船のブリッジから演説を行ない、三種族に共通する暗く血塗られた過去に触れ、最後にはまるで予言をするかのように、この日をきっかけに平和で協調的な未来がはじまると宣言した。バス＝テトのイルナは、コヴァルがそのようなカリスマ性のある人物に育ったことに感銘を受けた。

かれが発するオーラを見て、コヴァルならこの惑星で暮らすすべての種族から尊敬され、真の意味で平和の守護者としてやっていけると確信できた。

だが、プトラナイだけは例外で、交渉には参加していたが、みずからはなにも発信せず、夜が明けたときには、およそ五百名の男女そして子供たちが十三隻の船で、すでにその場を去っていた。

「かれらはこれまでも、そしてこれからも砂漠の掠奪者なのですよ！」ロク・ラヒーが苦虫をかみつぶしたような表情でいった。「かれらを追放し、関係を断つべきです」

「性急な判断はしないほうがよいでしょう！」イルナが警告した。「わたしには、かれら誇り高き砂漠の息子たちの気持ちがわかるような気がします。かれらは自由を捨て、なにかに縛りつけられるのが怖いのです。ですが、そのかれらとて、近い将来、ブガクリスの種族間の平和と協調がもたらす多大な利点に気づき、考えを変えるにちがいありません。かならずかれらのほうから歩み寄ってきます。その可能性を閉ざすべきではありません」

コヴァル・インガードが女アコン人を支持したこともあり、ロク・ラヒーは納得した。プトラナイは、惑星の平和を乱さないかぎり、拘束されることなく自由に暮らしつづけてもいいことに決まった。

だが、集結したトロナハエと山の民、そしてティルシュンは、和平協定が結ばれただけでは満足しなかった。ブガクリスにおけるこの歴史的な瞬間を、それにふさわしい形で祝いたいと考えた。

そこで、砂漠の厳しい寒さのなか、青い空の下で、偉大なる母のドームをとり囲むようにたくさんの祝祭用テントが張られ、たき火が起こされた。砂漠の船乗り、ティルシュン、ハンググライダーたちがそれぞれの集落や山村や巣穴から最高の食べ物と飲み物を持ち寄った。こうこうと燃える木炭の上で肉が焼かれ、大釜でシチューが煮こまれ、アルコール飲料が、非アルコール飲料が、たがいの杯に注《そそ》がれた。

トロナハエが山の民の、山の民がトロナハエの食べ物を口に含み、ティルシュンも人間の食べ物を試してみた。

「まるで子供ね」エイレーネ、《クレイジー・ホース》の乗員、そしてコヴァル・インガードとともに、砂漠の船のブリッジの上に置かれ、天蓋でおおわれていたベンチでイルナがいった。

「そしてそのかれらに、あやうく破滅をもたらしてしまうところでした」エイレーネが責任を感じていった。

「あなたのせいではありませんよ」女アコン人が応じた。「あなたがブガクリスにきていなければ、ほかのだれかがベックリンを連れてハウリの難破船を調査し、同じようにプシ・ジェネレーターを起動していたでしょう」

「でも、わたしの意志が弱いせいで、プシオン・インパルスに逆らえなかった」エイレーネがこぼした。「最悪のタイミングで偉大なる母へ戻ってプトラナイに捕らえられ、トロナハエとの衝突を引き起こしたのは、わたしです」

「希望につながる衝突でしょう」イルナがほほえみ、元気づけるためにエイレーネの髪をなでた。「その衝突があったからこそ、ティルシュンも含めた平和への道が開かれたの。それに、プシオン・インパルスに対して敏感なのは、あなたにはどうしようもないこと！　遺伝子に刻まれているのだから、いいも悪いもありません。いいか悪いかは、状況しだいだから」

「でも、わたしがあなたを殺そうとしたことは?」エイレーネは目を伏せた。

イルナはエイレーネを抱きしめる。

「あれはあなたじゃなかった」そうささやいた。「プシ・ジェネレーターがめちゃくちゃなプシオン・インパルスを発しただけ。その強い影響のせいで、ティルシュンとトロナハエのあいだでは、いまにも戦争がはじまりそうだったぐらいよ。だから、忘れなさい!」

「それじゃ、わたしたちはこれからも仲間でいられるのでしょうか?」エイレーネがすがるようにたずねた。

「二カ月以上前から仲間です」イルナが真剣な顔でいった。「わたしたちが出会って、心のなかでこの出会いがすでにずっと前から運命で決まっていたのだと気づいたときから。そんな絆は永遠につづくもの。たとえ運命が大きく波打つことがあっても」

「ありがとう」エイレーネがささやく。

イルナは首を横に振った。

「お礼なんていらない。わたしたちは友でしょ。友は相手のことを負担だなんて思わない。できるかぎりのものをあたえ合い、必要なものを受けとり合うの」

イルナはローダンの娘をもう一度抱きしめた。だが、頭のなかでは思考が切り替わった。意識が突然、それまで目の前の緊急事態のせいでひとまず保留にしておくしかなかった問題に向いたからだ。

イルナのようすが変わったことに気づいて、友や仲間たちが心配そうに見つめている。だが、イルナはそれにさえ気づかなかった。

「アトラン!」イルナがつぶやいた。その視線は、まるではるかかなたにいる愛する人を見つめているかのようだ。「破滅的な出来ごとが起こりそうな気がする。いますぐそっちへいくわ。死ぬときは、そして勝つときも、わたしたちはいっしょよ。わたしがいくまで待って!」

イルナが身震いした。その目を見れば、彼女の精神がまた現実に戻ったのが明らかだった。

だが、心の震えは収まらなかった。

「いますぐフェニックスへ戻ります!」仲間にいった。「ゼロ夢のなかで、アトランに死が迫っている兆候を見ました。そして危機に瀕しているのは、アトランだけではありません」

なにか恐ろしいことが起ころうとしている! 言葉にはしなかったが、イルナは感じた。

いまも亡霊がさまようパララクサムの墓場でそれを感じた。まだブガクリスと呼ばれていなかったころのブガクリスは、永遠と呼べるほどの長年におよぶ宇宙勢力間の紛争で中心的な役割を果たしてきた。この惑星はハンガイ銀河に位置していることを忘れてはならない。つい最近までは、わたしたちの宇宙よりもはるかに古い別の宇宙の一部だった。そこでは、わたしたちには想像もできない発展と破壊が行なわれてきたのだ。

イルナは、この思考が自分を奈落の底へ引きずりこもうとしていると感じた。だが、いまそれに身をゆだねるわけにはいかない。やらねばならないことがあるのだ。イルナは強靭《きょうじん》な意志の力で、その思考を振りはらった。

現実に戻った彼女を、友と仲間たちがとり囲んでいた。

リオン・ウィングもそこにいた。

「今日じゅうにスタートしましょう、イルナ」ウィングが約束した。「そのための準備はすでにはじめてあります。それから、ベックリンは手術がすんで、一命をとりとめました。かれ本人から、あなたにそう伝えてくれ、とのことです」

「ありがとう、リオン」女アコン人がほほえみ、コヴァル・インガードを見上げて、強い口調でこういった。「この平和を守りつづけることが、そして種族間の結びつきをますます強めていくことが、ブガクリスに生きる者の未来にとって、とてつもなく重要であることを理解していますね」

「わかっています、イルナ」コヴァル・インガードが厳《おごそ》かに答えた。「わたしを信じ、わたしに使命を見つけてくれたあなたとエイレーネ、そしてみなさんに感謝しています」そういって、女アコン人にふたたび顔を向け、次の問いを発したとき、コヴァルの目に一瞬だけ不安がよぎった。「ですが、あのかつての秘密基地の瓦礫の下深くにいまもまだ存在するパララクサムの遺跡は、これからどうなるのでしょう？」

「怯える必要はありません。なぜなら、あなたがたがあの遺物の最後の秘密を解き明かすほどの技術力を発展させることがないかぎり、あの遺物の邪悪なものはすべて、遺物とともにここで眠りつづけるのですから。そして、あなたがたが解き明かす秘密はどれも、この惑星の未来をより明るくするのに役だつ情報だと、わたしは信じています。友よ、あなたがたの幸運を祈ります！」

まだ祝祭はつづいていたが、イルナはブガクリスの各種族の代表者に別れを告げ、コヴァルとエイレーネが別れの挨拶をすませるのを待ってから、《クレイジー・ホース》の乗員とともに船に戻った。

11

最後の方向転換をするためにハイパー空間を出て通常空間に戻ったとき、《クレイジー・ホース》の司令室は静まりかえっていた。

バス＝テトのイルナとエイレーネは隣り合った成型シートにすわり、全周スクリーンの船首方向映像に集中していた。知らない者が見たら、両者のことを母と娘とみなしただろう。

「セレス！」リオン・ウィング船長の声が響いた。フロントスクリーンにうつる無数の光点のひとつをグリーンに輝く矢印がさしていた。

標準光学観察では、十七光年離れた場所にあるセレスを、球状星団Ｍ－３０に集まるたくさんの星から見わけるのは不可能だった。また、念のためにハイパー探知機は使っていなかった。たまたま近くを通りかかった宇宙船に、白黄色に輝く恒星セレスの第二惑星フェニックスに自由商人が基地を築いた事実を知られたくなかったからだ。

もしカンタロが基地の存在に気づけば、この長きにわたって存在してきた基地も、そこにいる船も、大勢の自由商人も、銀河系船団の乗員も、失われることが明らかだったからだ。

《クレイジー・ホース》のビームアンテナが、完璧に暗号化され、一ナノ秒に圧縮されたハイパー通信インパルスを発した。その技術を知らない者がそれを受信しても、宇宙が自然に発する無数のハイパーインパルスの一種としか識別できないだろう。だがフェニックスにあるハイパー通信受信機がそれを捕捉すると、専用のシントロンが暗号化を解除し、情報をとりだす。

その結果、フェニックスは《クレイジー・ホース》を《クレイジー・ホース》と認識し、〝仲間〟と判断する。

それができない場合は、フェニックスは正体不明の宇宙船が十六・五光年という〝限界距離〟に近づいていると認識し、警報を鳴らすことになる。

数秒後、《クレイジー・ホース》のアンテナが同様に暗号化されたハイパー通信インパルスを受けとった。その通信は〝ラジャー〟と伝えていた。〝了解した〟という意味だ。

イルナとエイレーネは同時に安堵のため息をついた。

すぐにメタグラヴが加速したかと思うと、《クレイジー・ホース》はハイパー空間に突入した。その後、セレス星系内でグリゴロフを解除し、船はふたたび人間の視覚でも見ることが可能な、アインシュタイン連続体の世界へと戻った。

斜めうしろから物音が聞こえたので、イルナが振り返った。ドクター・レスターとマランダ・シンに支えられて司令室にやってきてシートに横たわった火器管制官にほほえみかけた。

エシュクラル・ノグヒム・ドラグスが満面の笑みを浮かべるが、その頬はこけていた。瀕死の重傷を負い、大がかりな手術を受けたのだから、当然だろう。

「ブリッジへようこそ！」オクストーン人船長の大声が響いた。「これからフェニックスへの着陸態勢に入る！」

すべての目が〝青い惑星〟フェニックスに向けられた。《クレイジー・ホース》からあとわずか三十万キロメートル。直接あるいは映像を通じてテラを知っている者にとっては、ここよりも地球に似ていて楽天的な惑星は想像できないだろう。

「ようやく故郷に戻ってこられた！」エイレーネがつぶやいた。もちろん、それは真実ではない。しかし、かれらにとっては、実質上フェニックスは地球の本当の故郷の代わりなのだ。

＊

オーストラリアとだいたい同じ大きさのボニン大陸に向けて、《クレイジー・ホース》は音もなく降下した。しばらくのあいだ、スクリーンに惑星唯一の都市がうつしだされていた。マンダレーだ。

その後、ボニン大陸の中央山塊に属する巨大な山脈が画面の左右を横切った。山頂のいくつかは高さが六千五百メートルほどにおよぶ。雪と氷を頂きにのせた山もたくさんある。

中央山塊の深い谷にあるシリンダー型のシャフトの入口が開き、巡航船がそこに沈んだとき、司令室に集まったメンバーの顔に、期待と不安、そして喜びが浮かんだ。船を飲みこんだシャフトの入口がふたたび閉じると同時に、照明がついた。

そしてついに、《クレイジー・ホース》がシャフトの底に着地した。トンネル内のアーチ状開口部から磁力で浮かぶキャビンがいくつか出てきて、二百メートル級巡航船のすぐそばで停止した。

《クレイジー・ホース》の乗員には、まだ忍耐が求められた。外からさまざまな形をした無数のロボットがやってきて船内に入り、《クレイジー・ホース》が〝トロイの木馬〟として基地に入りこんだのではないことを徹底的に調べたからだ。

宙航士たちは調査が終わってようやく、終わりがないと思われた苦難を切り抜けて自分たちをここまで運んでくれた船を降りることが許された。

いっさいの通信が遮断された状態でおよそ四カ月も離ればなれだったのだから、《クレイジー・ホース》乗員は、惑星に残った仲間たちから熱烈な歓迎を受けた。にぎやかなざわめきのなかで、まるでそこだけが小さな島であるかのように、バス＝テトのイルナとアトランが対面し、ひしと抱き合い、深い感動と喜びをわかち合っていた。

抱擁を解いたアルコン人はイルナの両肩に手を置き、その目を見つめた。

「きみを永遠に失ったのかと思った」アトランはささやいた。「《クレイジー・ホース》は遭難したといわれていた。四カ月も、戻ってこなかったのだから」

「すべてわたしのせいなの」女アコン人がいった。

イルナは、過去の数カ月で起こった出来ごとをかいつまんで報告した。

「すばらしい予兆じゃないか」話を聞いたアトランが目を輝かせた。「ブガクリスの平和。それになによりの驚きは、コヴァル・インガードが自分の殻を打ち破って大きく成長したことだ。かれのことは、これから何千年も語り継がれるだろう」

イルナはうなずいたが、すぐにエイレーネのことを思い出し、彼女を目で探した。しばらくしてようやく、レジナルド・ブルの肩を借りて涙を流すエイレーネを見つけた。

「ペリーになにかあったの？」イルナが驚いてたずねた。「まさか……？」

「いや」アトランは答えた。「ペリーは無事だ。だが、ここにはいない。球状星団M－55にいるようだ。《ナルヴェンネ》という船でフェニックスにやってきたヴィッダーの伝令を通じて、カンタロが設けたふたつの障壁を乗り越えて故郷銀河の縁にまで進入できたと伝えてきた」

「本当なの？」イルナが声を上げた。「もしそれが本当なら……アトラン、それがなにを意味するか、わかる？」

「もちろんだ」アルコン人は真剣な顔で答えた。「運命のときが近づいている」

「前例のないほど運命的な出来ごとが目の前に迫っている！」イルナが付け加え、感極まってアトランの前腕にしがみついていった。「それが壊滅的な結果につながるかもしれない。あなたはペリーのもとへいくつもりなのでしょ。あなたにとてつもない危険が迫っていることを、わたしは知っているの。アトラン、もう離れない。あなたの運命がどうなろうと、わたしがいつもそばにいるわ！」

アトランはすべてを悟ってうなずいた。

「夢に見たのだな。イルナ、《ナルヴェンネ》に同乗してきたアンブッシュ・サトーを通じて、ペリーから指令を受けた。五隻の船を引き連れて、コードネーム〝ズールー〟と呼ばれる場所へきてくれということだ。その場所は球状星団M‐55にある。四隻はもう準備が整った」

「なら、五隻目は《クレイジー・ホース》よ！」イルナが求めた。

「そう手配しよう」アルコン人が約束した。「きみが総指揮を執ってくれ。だが、乗員は当然いまのままだ。もともと、かれらの船なのだから、今後もそれは変わらない」

イルナはアトランとともに、エイレーネとレジナルド・ブルのところへ向かった。

「エイレーネに、父親がそばにいなくても、彼女が孤独ではないことを教えてあげないと。ねえ、聞いて。わたし、彼女に対する評価を誤っていたようだわ。ようやく彼女が、わたしたちの友情をそっくりそのまま受けとる価値がある人物であることに気づいたの」

レジナルド・ブルとエイレーネに歩み寄りながら、アトランはイルナの肩に腕をかけた。

「で、彼女のほうはどうなんだ？」と、ささやく。「彼女はきみのことをどう思ってる？」

「わたしたちは親友よ」女アコン人の声が、それが本心であることを物語っていた。

「この言葉の、もっとも深い意味でね」

「それこそまさに運命の贈り物、めったに得られるものではないなにかだ」アルコン人がいった。「それが、困難を乗り越える力を授けてくれる」

だが、次に乗り越えなくてはならない困難が、これまで経験してきたなかでもっとも過酷な試練となるかもしれないと思うと、アトランの表情が暗くなった。

しかし、イルナとともにエイレーネとレジナルドのもとにたどり着いたとき、いつもの自信と不屈の精神が自然と息を吹き返し、かれの表情はまた明るくなっていた……

カラポン帝国の皇帝

マリアンネ・シドウ

登場人物

ダオ・リン＝ヘイ……………………もと全知女性。カルタン人
ゲ・リアング＝プオ…………………もと特務戦隊リーダー。カルタン人
マイ・ティ＝ショウ…………………《マーラ・ダオ》指揮官。カルタン人
ロイ・スクロム………………………情報提供者。カルタン人
シサ・ヴァート………………………同。ロイのパートナー。カラポン人
ソイ・パング…………………………カラポン帝国の皇帝。カラポン人
フェング・ル…………………………同大提督。カラポン人
サル・テー……………………………フェング・ルの部下。カラポン人
デル・ミオン…………………………カラポン帝国の将軍。カラポン人
ドラクウン……………………………古代文書の解読者。サショイ人

1

「あいつはなにも話そうとしない！」ドラクウンは怒っていた。「あいつにそのつもりがないなら、もうどうしようもない。だれかが別の糸を引かないかぎり、なにも引きだせん」

サル・テーは閉じたハッチに視線を送り、かつてのサショイ奴隷の声帯を二重に固結びにしてやりたいと願った。

ドラクウンをなかに入れるべきではなかった。これまではかれをあのキャビンから遠ざけることができていた。捕虜たちが収容されている倉庫が並ぶ下層では、だれにもじゃまされずに話す機会などいくらでもあった。壁の向こうで聞き耳を立てる者がいないかぎりは。

実際、あの女カルタン人になにがあろうとどうでもいいと、サル・テーは思っていた。

無意味な抵抗をつづける自分が悪い、と。

しかし、フェング・ル大提督はダオ・リン＝ヘイの命にこだわった。そしてかれらはまもなくその大提督にふたたび会うことになる。もし、自分以外のだれかがあの女カルタン人の毛の一本にでも触れたと知れば、フェング・ルはみずからの手でそのカラポン人を殺そうとするだろう。

さて、おもしろくなってきた。サル・テーは冷笑した。

しかし、ソイ・パング皇帝はそんなことをおもしろいとは思わないだろうし、部下の二名が女カルタン人を理由に殺し合うことも許さないだろう。おそらくフェング・ルに交換条件を持ちかけ、まともな精神を完全に失ったのではないかぎり、フェング・ルもその提案を受け入れるにちがいない。

ひとつの命と引き換えにふたつの命を差しだす。ハッチの向こうで聞き耳を立てている者の命の代償として、サル・テーとドラクウンを処刑する。

あるいは、ソイ・パングはまったく別の解決策をもっているかもしれない。皇帝の考えていることは、下々《しもじも》の者にはわからないものだ。ダオ・リン＝ヘイは、捕虜としてこのうえなく……貴重だ。そう、貴重なのだ！

「彼女の扱いは慎重にしなければならない」サル・テーはドラクウンというよりも、むしろハッチの向こうの存在に語りかけるようにいった。「彼女から知識を聞きだす機会はまだまだある。だが、いまはとにかく、生卵のようにやさしく扱うことだ。なにかが起こってからでは、遅いのだぞ！」

「そんなことをしていては埒《らち》があかん」ドラクウンが悔しそうにいった。

「わたしもきみと同じぐらい知りたくてたまらない」サル・テーがなだめた。「だがそれでも、いまは我慢だ」

我慢？　そんなものをドラクウンに要求してなにになる。

ドラクウンは年老い、病んでいた。きっともうすぐ死ぬだろう。そのかれにとって、この謎を解くことが最後の望みだった。この状況で、女カルタン人の頑固さにしびれを切らしたドラクウンがやけを起こした場合、かれを責めることができるだろうか？

「わたしが彼女と話してみよう」サル・テーが意を決した。「わたしなら、彼女が〝きみから〟は信じようとしないことを、信じさせられるかもしれない」

そういいながら、サル・テーはハッチの向こうで聞き耳を立てている者ももうしばらく辛抱してくれることを望んだ。

＊

サル・テーが尋問のために選んだキャビンに、衛兵が女カルタン人を連れてきた。そこは本来ダオ・リン＝ヘイの使う豪華なキャビンなのだが、いまはサル・テーが使っている。現状、かれが《マーラ・ダオ》船内にいる最上級将校だからだ。

キャビンに入ってきたダオ・リン＝ヘイは静かで落ち着いていた。まるで、自分が困難な状況に置かれていることにさえ気づいていないかのようだ。もし気づいていたとしても、態度にはみじんも示さなかった。

「すわりたまえ」サル・テーが命じた。「話したいことがある」

ダオ・リン＝ヘイは見くだすような目でサル・テーを見た。その視線を浴びると、サル・テーは居心地が悪くなった。そしてカルタン人がダオ・リン＝ヘイについて話した無線通話の内容を思い出した。怒りから思わず喉を鳴らしてしまうが、それは自信のなさを露呈するだけだった。

彼女は威厳に満ちていた……そしてサル・テーはそんな彼女に〝感銘〟を受けてはならなかったし、受けるつもりもなかった。

「惑星カラポンまであと二日だ」サル・テーが口を開いた。「そろそろ、すこしは情報を提供してもらおう。ドラクウンの話では、きみは協力するのを拒んだそうだな。愚かなことだ。そのような態度をつづけていると、われわれは別の方法を通じて、われわれの知るべきことをきみの頭から引きだすことになる。きみにとってはとても大きな苦痛となるだろうし、おそらく、きみはそのさいに死んでしまう」

ダオ・リン＝ヘイはなにもいわない。

サル・テーはため息をついて、彼女を見つめた。

「きみは特別な存在だといわれている」サル・テーはつづけた。「古い時代のカルタン人、かつての全知者、などとな。だが、もし当時のカルタン人が全員きみのような頑固者だったなら、もうとっくの昔に絶滅していただろう。みずからの愚かさを理由に滅んでいたはずだ！」

「なぜそんなにいらだっている？」ダオ・リン＝ヘイが冷たく笑った。

「いらだってなどいない！」サル・テーが声を上げた。

しかし、彼女の目を見て、すぐに黙りこんだ。

このわたしをからかっている！　サル・テーは困惑した。

「自分の置かれた立場がわかっていないようだな」声が大きくなった。「きみをどうするかは、わたししだいだ。その気になれば、殺すこともできるのだぞ」

「そうすれば、あなたは知りたいことに対する答えを永遠に得られない」ダオ・リン＝ヘイが淡々と応じた。

「わたしのことはほうっておけ！」サル・テーは強く返した。「そうなれば、別の捕虜から情報を得るだけだ。この船内にはほかにもカルタン人がいるのだぞ」

「でも、ほかのみんなはなにも知らない。それぐらい、あなたにもわかっているはず、サル・テー。あなたに、わたしを殺すことはできない」

「わたしにできないのは、きみから情報を引きだすことなしに、皇帝に会うことだ」サル・テーが訂正した。「いま重要なのは、そのことだけだ」

ダオ・リン＝ヘイはなにかを考えこむようにサル・テーを見つめた。

「あなたがカラポン皇帝の前に立つことは許されない」冷静にいいはなった。「あなたという存在はあまりに小さすぎる。アルドゥスタアルでの出来ごとについて、ソイ・パング皇帝に説明責任を負うのは、だれか別の者だろうな。たとえば、フェング・ルとか。あなたはフェング・ルの副官にすぎないのでは？《ナルガ・サント》ではフェング・ルがあなたに、無防備な難破船漂流者を集めるよう命じた。全員を殺すつもりで。でも、実行するにはいたらなかった。あなたにとっては幸運だった。もしそうしていたら、わたしがあなたを殺していただろうから」

「武器もなしでか？　その爪だけで？」サル・テーがばかにするかのようにいった。

「武器など不要。この爪をあなたの血で汚すつもりもない」ダオ・リン＝ヘイが静かに答えた。「あなたのいうとおりだ……確かに、わたしはかつての全知者。あなたを殺すことぐらい、いつだってできる。いますぐにでも。たったひとつの言葉で」

ダオ・リン＝ヘイを見つめるサル・テーは、彼女から目が離せなくなった。口からでまかせだ、と自分にいい聞かせる。窮地に追いやられた捕虜が命を守るために必死にいい逃れをしているにすぎない。

だが、もし彼女のいうことが本当なら？

サル・テーは、全知者について知っていることを思い出そうとした。全知者に関して多くがわかっているわけではないが、ひとつ確かなことがある。ヴォイカは想像を絶する能力を宿していた。ダオ・リン＝ヘイの帰還が、カルタン人のあいだに活発な議論を引き起こした。保守的な集団の内部でさえ、全知者の影響がカルタン種族にとってつねにポジティヴなものなのかどうか、完全な合意が得られていないのだ。

〝たったひとつの言葉で……殺す〟

カルタン人にまつわる古い伝承のなかに、そのような力を示唆《しさ》するものがある。だが、そのような能力は……それを能力と呼んでいいのかどうかはわからないが……すでに失われたはずだ。カルタン人は古い知識をとり戻そうとしたが、それに必要なものが手に入らなかったため断念した。かつては存在していたなにかが。

そんなもの伝説にすぎないと、サル・テーは頭のなかで自分にいい聞かせた。この女はおとぎ話にすがっているだけだ。カルタン人はきわめて疑わしい過去をもつ古い種族。自分たちの心のよりどころとするために、そうした歴史をでっち上げてきたのだろう。そうして、すばらしいなにかを発明したのだ。百年戦争で失われたとされる賢者の石を。それがあるから、このおとぎ話には信憑《しんぴょう》性が生まれる。しかし、それとて、作り話であることに変わりはない。

「百年戦争で失われたのではない」ダオ・リン＝ヘイがやさしくいった。「そのずっと前の話。それにヌジャラの涙は〝賢者の石〟などといった愚かな空想ではなくて、いまはもう失われてしまったプシコゴン、つまりパラ露のことだ」

サル・テーはぞくりとした。いまのはなんだ？ ただの偶然か？

「デル・ミオンに会ったら、わたしが〝愚か者〟といっていたと伝えておけ」ダオ・リン＝ヘイがつづけた。「あの偉大な戦略家がベントゥ・カラパウをおめおめと見捨てたと知ったら、ソイ・パング皇帝はかれを弱火でじっくりと焼き殺すことだろう。いや、もしかすると皇帝は寛容さを示すかもしれない。それどころか、この〝わたし〟を捕らえ、ソイ・パングに引き渡したことを理由に、デル・ミオンは名声と栄誉を授かるかも」

サル・テーは立ち上がり、カルタン人を茫然と見おろした。そして、気をとりなおしてこういった。

「デル・ミオン将軍がこの船にいることをなぜ知っている？」サル・テーはダオ・リン＝ヘイに迫った。

ダオ・リン＝ヘイは目を細め、落ち着いたようすでかれを見上げる。

「単純に知っているだけだ」と、いった。「そして、かれが困難な状況に陥っていることも知っている。でも、まだ手遅れじゃない。助かる道は残っている」

どうやってそれを知ったのだ？

だが、ダオ・リン＝ヘイはこの問いには答えなかった。

「でもそのためには、わたしが生きていなければならない」ダオ・リン＝ヘイはさらにつづけた。「わたしの部下たちも無事でなければならない。かれにそう伝えろ、サル・テー。それに、これ以上ばかな質問攻めにあうのはごめんだとも。わたしが、わたしだけが、ソイ・パング皇帝がわたしの種族についてなにを知るべきかを決める。かつてヴォイカの一員だった者と対等に話せるのは、皇帝だけだ」

ダオ・リン＝ヘイはほかのだれにもまねできない優美な動きで立ち上がり、ハッチを開けた。

「キャビンへ連れていけ！」と、外で立っていた衛兵に命じる。

サル・テーがなにかをいおうとしたが、衛兵はすでに踵《きびす》を返し、うやうやしくダオ・リン＝ヘイに道を示して、前を歩かせた。武器は腰のベルトに差したままだ。まるで高貴な賓客に従う儀仗兵ではないか。とてもじゃないが、無力な捕虜を誘導する兵士には見えない。

ダオ・リン＝ヘイが視界から消えてようやく、サル・テーはわれに返った。そしてハッチに急ぐ。兵士がカルタン人捕虜を本当に倉庫のある方向へ連れていったのか、突然不安になったからだ。

両者はちょうど曲がり角にさしかかっていた。一秒遅ければ、彼女の姿は見えなかっただろう。サル・テーはほっと胸をなでおろした。方角が正しかったからだ。

その瞬間、ダオ・リン＝ヘイが振り返ってほほえんだ。あざけるような、それでいて親密な笑みだった。しかも目配せさえしてきた。

サル・テーは背筋が寒くなった。

彼女は知っていた。サル・テーは恐ろしく思った。彼女はわたしが見ているのに気づいただけでなく、わたしの考えまで察知していた。

もしかすると、あれはただの伝説ではないのかもしれない。もしかすると、ヴォイカには噂される能力が本当にあったのかもしれない。そしてもしかすると、ダオ・リン＝ヘイはヴォイカの一員として、どういうわけかいまの時代にやってきていて、そうした秘密をすべて実際に有しているのかもしれない。

古い物語を信じるなら、とても危険で、不穏な秘密を。

サル・テーは気をとりなおして、報告するためにデル・ミオン将軍のもとへ向かった。そのさい、いい気分はしなかった。上官のだれかに、かれらが決して聞きたくないことを報告するのが、自分に定められた宿命だと思えた。

＊

「あなたが船内にいることを知っています」

「あの女が、か？」

サル・テーはこの反応を予想していた。はらわたは煮えくり返っているのに、じっと我慢して頭を垂れる。

ダオ・リン＝ヘイのいうとおりだ。サル・テーは考えた。〝大将軍さまよ、あんたは本当に愚か者だ。みんながあんたを必要としているときにベントゥ・カラパウを見捨てやがって。もしそのことをソイ・パング皇帝が聞いたら……〟

だが、サル・テーにとって、将軍の運命などなんの意味があろうか？　まずは自分の首を守らなければならない。そしてそれは簡単なことではない。これまでも、生涯のほぼすべてを生き残るためだけに費《つい》やしてきた。

「あいつにわたしの居場所を教えた者がいるのだ！」デル・ミオン将軍が喉を鳴らした。

「絶対に見つけてやる！」

そして目を細めてサル・テーを見つめた。

「きさまだろう」冷たくいいはなった。「それともあの縞《しま》模様のばか者か！　両方とも殺してやる」

「どうぞご自由に」サル・テーがあっさりといった。「わたしはどのみち一回しか死ねませんから、だれに殺されようと同じなのですが、皇帝の宮廷前で大々的に処刑されるよりも、将軍の手で殺される名誉ある死のほうがよっぽどましです」

「なんの話をしているんだ？」命乞いをしないサル・テーの態度に驚いてデル・ミオンが問い返した。

「ソイ・パング皇帝の話ですよ」サル・テーが静かに答えた。「あのカルタンの魔女を連れていけば、皇帝がわたしを処刑するでしょうし、連れていかなければ連れていかなかったで、わたしを八つ裂きにするでしょう。結果は同じです。ですから、いっそのこと、将軍の手でわたしの運命に終止符を打ってください」

「なにをわけのわからんことを！」デル・ミオンが怒りの雄叫《おたけ》びを上げた。「わたしに謎めいたことをいうな。我慢ならん」

サル・テーも、デル・ミオン将軍の我慢ならない欠点を並べ立ててやろうかと思ったが、賢明にも思いとどまった。生きていたいという気持ちが、まだどこかに残っていたようだ。

「〝だれも〟あなたの居場所を教えてなんていません」サル・テーは自分が置かれた状況下で可能なかぎり冷静に話した。「ドラクウンはそもそもあなたがここにいることを知りませんし、もし知っていたとしても、あのカルタン人にそのことを話す理由がありません。あいつは《ナルガ・サント》とその謎のことばかり考えているのですから」

「ならばきさまだ！」デル・ミオンがいった。「わたしの居場所を知っている者はきさまだけなのだから」

「そう、そしてもしいうべきでないことをいってしまえば、大きな問題を抱えることになるのもわたしだけです。いいえ、将軍、わたしはそこまで愚かではありません。わたしがこれまでもう何年間もフェング・ルの副官を務めていることを忘れないでください」

「フェング・ル！」

デル・ミオンがその名を発すると、まるで呪いの言葉に聞こえた。両者は決して相容れない関係にあった。デル・ミオンはフェング・ルを妬《ねた》んでいた。皇帝がフェング・ルをベントゥ・カラパウの司令官に任命し、自分は副司令官にしかなれなかったからだ。一方のフェング・ルもデル・ミオンが我慢ならなかった。すこしでも隙を見せれば、デル・ミオンはフェング・ルの立場を奪おうとするだろうと予想していたからだ。あながちまちがった予想ではない。

ここでもわたしは板ばさみだ。サル・テーは考えた。これ以上のトラブルは勘弁してくれ！

カラポン人の将校が二名そろうと、かならずなんらかの形でいがみ合わなければならない決まりでもあるのか？　けんかがしたいなら、勝手にすればいい……いちいち副官を巻きこむのはやめてもらいたいものだ。

「わたしはあなたの居場所について、ひとことも話していません！」サル・テーはきっぱりといった。「ダオ・リン＝ヘイはなぜか知っていたのです」

「ならば衛兵が漏らしたのだ！　そいつを……」

サル・テーはため息をついた。デル・ミオンは、こと戦略については思考が鋭敏で頭の回転も速いのに、そのほかの点ではなぜこれほどまでに愚鈍なのだろう？

「衛兵はなにも知りません」サル・テーは辛抱強く説明した。「あなたが乗船するところはだれにも見られていません。すべて、あなたの命じたとおりに行ないました」

「では、ここに盗聴器が仕掛けられているはずだ！」

「おそらく、あのカルタン人には盗聴器なんて必要ありません」サル・テーが淡々と応じる。「彼女には、彼女のやり方があるのでしょう」

「どんなやり方だ？」

「ヴォイカの古い能力です」サル・テーはつぶやき、居心地悪そうに自分の髭《ひげ》をなでた。

「ヴォイカの力だと！」デル・ミオンが喉を鳴らして笑った。「ああ、その恐ろしいおとぎ話なら聞いたことがあるぞ。だが、ヴォイカはすでに存在していない。かつて存在していたのかも疑わしい。わたしにいわせれば、すべて純粋な作り話だ」

サル・テーはなにもいわなかった。デル・ミオンがそう確信しているなら、なにをいったところで、すぐには意見を変えないだろう。

自分でなにかを経験しないことには。

いまは、やるべきことがひとつ残っている。

「ダオ・リン＝ヘイを皇帝のもとに連行してはなりません！」サル・テーは警告した。「その前に、彼女のことを徹底的に調べるべきです」

「わかった、わかった」デル・ミオンがいらだたしげに手を振った。「あの女カルタン人がいる船倉を徹底的に調べろ。それから、ここにロボットをよこせ！」

「わかりました」サル・テーがいったが、その表情にはあきらめが浮かんでいた。「すべてお望みどおりに」

とにかく、警告はした。いまはそのことだけが重要だった。

それなのに、サル・テーはなぜかとても落ち着かなかった。

もちろん、船倉の調査では不審な点はなにも見つからなかった。ただ、クルーたちが不安を覚え、《マーラ・ダオ》の船内でなにが起きているのかと疑問に思いはじめただけだ。

ダオ・リン＝ヘイがどこから情報を得ているのか、まったく見当がつかなかった。その事実を受け入れたとき、サル・テーは不安を覚えると同時に、それ見たことかとも思った。

結果ははじめからわかっていたのだ。

2

「危険な賭けです」ゲ・リアング＝プオは警告した。「遅かれ早かれ、あなたは能力を証明するよう強いられるでしょう。もしそうなったら、どうするつもりですか？」

かれらは倉庫の壁から離れた場所で、とても小さな声で話していた。カラポン人がどこかに盗聴器を仕掛けていると疑っていたのだ。だが、この疑いが正しいとしたら、外側から壁に設置したにちがいない。というのも、ベントゥ・カラパウでは大急ぎで捕虜をこの倉庫に運びこんだのだ。それ以降、カラポン人たちが室内に盗聴器を仕掛けられる機会は一度もなかった。

「どうするつもりなんですか？」ゲ・リアング＝プオがもう一度問いただした。

「もうひとつやふたつ、別のトリックがある」ダオ・リン＝ヘイは落ち着いていた。

「適切なタイミングで、うまく使えば、かれらをもっと怯えさせられるはず」

「問題は、それがわれわれの役にたつかどうかです」

「でも、かれらがわれわれのことをすこしぐらい尊敬してくれるなら、それはそれで害はない」

「われわれ？　それはあくまで、あなたに対する尊敬ですよ」

「大丈夫、われわれの全員にかかわることだ。それに、わたしがおまえを、そしておまえの能力を必要としている。わたしを支えてほしい」

「できることなら、なんでも」ゲ・リアング＝プオが約束した。

「ありがとう。では、さっそくはじめよう！　でも、慎重に。まず、あのデル・ミオン将軍にすこし怯えてもらう」

その後しばらくのあいだ、《マーラ・ダオ》船内では、カラポン人だけでなく、複数の倉庫にわかれて収容されている、ダオ・リン＝ヘイとゲ・リアング＝プオの能力についてなにも知らないほかのカルタン人にも簡単には説明できない不思議な出来ごとが立てつづけに起こった。

最初に、捕虜を監視していたカラポン人兵士たちが、だれも知らないはずのデル・ミオン将軍がいるキャビンに次々とやってきて、表敬訪問をしたのだ。訪問させるまではゲ・リアング＝プオの仕業だが、そこから先、兵士たちはみずからの意思で、ものすごい形相《ぎょうそう》で将軍をにらみつけた。

というのも、かれらはもともとベントゥ・カラパウで暮らしていて、多くは二世もしくは三世として、そこが故郷だったのだ。かれらの多くには、妻や子供がいる。

一方、デル・ミオン将軍は本来なら攻撃してきたカルタン艦隊に対する戦いでカラポン人を指揮する立場にあったはずなのに、その任務を放棄した。

臆病風に吹かれたからではないだろう。すくなくとも、それがいちばんの理由ではなかったはずだ。しかし、なにをどう考えてみても、デル・ミオンが自分勝手な野心から、みずからの行動を選んだとしか考えられなかった。

かれには、サル・テーの助けを借りて船に潜りこみ、秘密のキャビンでじっとしている理由があったにちがいない。自殺願望でもないかぎり、かれは最後の最後まで、自分が船に乗っていることを隠そうとしただろう。

「兵士たちはデル・ミオンのことを決して許さないでしょう」兵士たちの思考をかなり離れた距離からでも察知できるゲ・リアング＝プオがいった。「もしわたしがデル・ミオンだったら、カラポン人兵士の自制心の高さを賞讃したでしょう。それどころか、讃美歌として高らかと歌ったはずです。その自制心のおかげで、自分が殺されずにすむのですから」

「だが、はたしてデル・ミオン本人はそのことに気づいているかな？」ダオ・リン＝ヘイは皮肉をいった。「かれはもう怒りで息もできないほどだ」

「自業自得ってやつですよ」ゲ・リアング＝プオがいった。

数分後、デル・ミオン将軍がそう命じたという理由で、衛兵が船の食糧庫で見つけた最高の食品を盛りつけたタブレットをダオ・リン＝ヘイのもとに運んできた。その知らせを聞いた将軍は、窒息死する可能性が数パーセント上昇した。

そうした状況に、兵士は混乱し、デル・ミオンは恐怖した。サル・テーもどんどん不安になっていった。

平然としているのは、ドラクウンだけだ。ドラクウンだけは自分のキャビンで不機嫌にすわっていた。《ナルガ・サント》やほかの過去の出来ごとについて、ダオ・リン＝ヘイを尋問することが禁止されたからだ。

*

ダオ・リン＝ヘイも含め、捕虜たちはカラポンにどれほど近づいているのか、まったくわからなかった。それでも、たとえば衛兵の思考から、カラポン星間帝国の主要惑星について、いくつかの情報を得ることはできた。

カラポンはアングミンという濃い黄色の恒星の第二惑星だ。その恒星にはカラポンのほかに惑星はひとつしかなく、それは恒星の近くを周回する大きな岩塊にすぎなかったため、カラポン人はその惑星を利用することもなく、名前さえつけなかった。

惑星カラポンは湿気が多くて気温が低い。テラナーの基準なら〝不毛〟とみなされるだろう。陸地と海はだいたい同じ広さで、両極は厚い氷におおわれている。最大の大陸はニアングと呼ばれていた。赤道の両サイドに広がり、山地が多い。そのニアングにカラポン帝国の首都がある。皇帝の宮殿を擁する首都の名はライパンで、二百五十万の住民が暮らしている。強大な権力を有する支配者が暮らす大都市にしては、さほど多くないといえるだろう。

そのようなデータをもつ惑星に、《マーラ・ダオ》はついに着陸した。

「これからなにが起こるのでしょう?」マイ・ティ＝ショウがたずねた。「最後には、わたしたちを奴隷として売りはらうつもりでしょう。ハンガイ・カルタン人は、奴隷にされるのがふつうだと聞いたことがあります」

「ハンガイ銀河は広大で、そこに生きるカルタン人のすべてが同じ運命をたどるわけではない」ダオ・リン＝ヘイが慰めるようにいった。「カラポン人は奴隷商ではない。そうした商売をしているのはサショイ帝国の連中であって、われわれとは関係のないこと。通常、カラポン人はサショイ相手に取引などしない。ただ掠奪するだけだ」

ゲ・リアング＝プオはダオ・リン＝ヘイに問いかけるような視線を向けた。

〈そのような情報をどこから?〉テレパシーでたずねた。

〈口からでまかせだ。でも、本当のことをマイ・ティ＝ショウにいうべきだと思うか?〉

ゲ・リアング＝プオは思わずくすりと笑った。本来マイ・ティ＝ショウは臆病者ではない。

それでも、マイ・ティ＝ショウは強い不安を感じていた。ダオ・リン＝ヘイのことも心配だったし、奴隷にされるかもしれないという考えも重くのしかかっていた。誇り高きカルタン人であるマイ・ティ＝ショウにとって、そのような運命は死よりも残酷なことだった。

「マイ・ティ＝ショウ」ダオ・リン＝ヘイが語気を強めた。「わたしとゲ・リアング＝プオはまなく船から降ろされることになる。われわれがいなくなったら、カラポン人の警備がゆるくなるかもしれない。チャンスがあったら、《マーラ・ダオ》を乗っとって逃亡しろ。わかったか」

「あなたを置いてはいけません！」

「わたしのことは心配するな。ゲ・リアング＝プオとわたしは、自分たちでなんとかするから。おまえは機を見て、ほかのみんなを連れて逃げろ。これは命令だ！」

「わかりました」マイ・ティ＝ショウはしぶしぶ受け入れ、踵を返して去っていった。

「彼女は命令に従わないでしょうね」ゲ・リアング＝プオがいった。

「だろうな、でも伝えるべきことは伝えた」ダオ・リン＝ヘイが答える。「ほら、だれかきた」

十名を超えるカラポン兵がやってきた。ハッチのあたりで歩みをとめ、みじめにも倉庫内にいることが強いられている捕虜たちを居丈高《いたけだか》に見まわした。カラポン人たちは、捕虜を丁重に扱う気など持ち合わせていない。

「ダオ・リン＝ヘイ、ゲ・リアング＝プオ！」ある兵士が叫んだ。「こっちへこい！」

「われわれに命令するなんて……」ゲ・リアング＝プオがいらだちをおさえきれずにつぶやいた。「えらそうな態度をとったやつには礼儀を教えてやらないと」

「我慢しろ！」ダオ・リン＝ヘイが小声でいった。「さあ、いくぞ！」

「なぜ従うのです？」ゲ・リアング＝プオがいらだたしげにたずねた。「われわれを連れだしたいなら、無理やり引きずり出せばいい。そしたら、一撃お見舞いしてやるのに！」

「自制しろ！」ダオ・リン＝ヘイが耳もとでささやき、ゲ・リアングの腕を引いた。「われわれがへたに抵抗すれば、マイ・ティ＝ショウたちが痛い目にあうかもしれない！」

その言葉を聞いて、ゲ・リアング＝プオは冷静さをとり戻した。彼女には《ナルガ・サント》での出来ごとが決して忘れられない。ダオ・リン＝ヘイに口を割らせるために、たったそれだけのために、フェング・ルは二百名ものカルタン人を射殺しようとした。虐殺が行なわれなかったのは、フェング・ルが考えを変えたからではない。

両者はエアロックへ連行された。そこでカラポン兵に監視されながらじっと待つ。氷のように冷たい風が吹きこむと同時に、いかにも宇宙港といったにおいが漂った。そこで待っているあいだに、離着陸する宇宙船が七隻確認できた。

だが、すぐに数えるのを忘れた。二名のカラフルな身なりのカルタン人がエアロックに入ってきたからだ。

「親愛なるお仲間の登場だ！」ゲ・リアング＝プオが皮肉をささやいた。

シサ・ヴァートとロイ・スクロムが歩み寄ってきた。シサ・ヴァートはゲ・リアング＝プオの襟もとをつかむ。

「あんたらはベントゥ・カラパウを裏切った！」ゲ・リアング＝プオがその顔に向かって叫んだ。

「さがれ！」兵士の一名が命じる。

「そいつから離れろ！」目の前の光景を気まずそうに眺めていたロイ・スクロムがいった。「落ち着け。こいつらは、相応の罰を受けることになる！」

「絶対よ！」シサ・ヴァートがうなった。「なんなら、わたしが直接皇帝のところへいって、直訴してやる！」

ゲ・リアング＝プオが石のような表情でシサ・ヴァートを見つめた。

「ここでわれわれを氷の柱にするつもりか？」ダオ・リン＝ヘイが兵士の代表者に声をかけた。「いったい、いつまで待たせるつもりなのだ！」

「そのときがくるまでだ」カラポン兵は反抗的な答えを返したが、部下のひとりを船内に送り、暖かいマントを二枚もってこさせた。そのあいだに、ゲ・リアング＝プオは襟に指をあて、シサ・ヴァートがそこに貼り付けた小さな紙切れをつまみとった。ダオ・リン＝ヘイにマントを肩にかけてもらい、マントがほかの者から視界をさえぎった瞬間を利用して、そのメモを読む。

〈今後、かれらからの連絡をあてにできそうです。まずはよかった！〉

〈なにもないよりはまし〉ダオ・リン＝ヘイが思考で応じた。

オレンジがかった黄色のユニフォームを着た長身でスリムなデル・ミオン将軍が、その体格に見合った歩幅で船から出てきた。

「わたしのあとにつづけ！」ひときわ横柄な態度で兵士たちに命じる。「そしてこの二名の捕虜が宮廷で愚かなふるまいをしないようによく監視するのだぞ！」

サル・テーが思わせぶりな視線でダオ・リン＝ヘイをちらと見てから、将軍のあとにつづいた。

斜路の下に、大型のグライダーがあった。

＊

予想したよりも長時間の飛行になった。グライダーが大きな弧を描いて飛んだからだ。

なぜそのようなむだなまわり道をしたのか、ダオ・リン＝ヘイとゲ・リアング＝プオにはわからない。もしかすると、この惑星のすばらしさを見せつけようとしていたのかもしれない。遠くから、宇宙港があったのと同じ台地にも都市があるのが見えたが、グライダーはそこからどんどん離れていった。純粋に、そこが目的の都市ではないのかもしれない。

サル・テーは手短かに、ダオ・リン＝ヘイとゲ・リアング＝プオにカラポン皇帝の宮殿でのふるまい方について説明した。

「顔はさげたまま」サル・テーは命じた。「あちこち見ない。だれの顔も見つめない。すれちがう者にはかならず頭をさげる。宮殿では、もっとも位の低い従者でさえ、捕虜よりは立場が上なのだからな。話す許可があたえられた場合にのみ、口を開くこと」

サル・テーの話を聞いていた両者は思わず顔を見合わせた。ダオ・リン＝ヘイが皮肉っぽく笑った。かれらはこれまでだれに対しても頭をさげたことがなかったし、カラポン皇帝にもそうするつもりはなかった。

一行は巨大な着陸フィールドと宇宙港の建物を大きく迂回しながら、山がちな土地の上空を飛行した。惑星カラポンの住民は、過密な生活を強いられてはいないようだ。二名のカルタン人は植生豊かな谷間を見た。集落はほとんどない。だが、もちろんそれは見せかけかもしれない。

視線の先で山脈が近づいてきた。グライダーがふたつのとがった山頂のあいだを通り抜けたかと思うと、眼下に都市が見えた。両者は思わず息をのんだ。

ようやく、そのように遠まわりをして飛んだ理由が理解できた。かれらはカルタン人捕虜に、カラポン星間帝国首都のもっとも美しく壮大な側面を見せたかったのだ。

それとも、そう考えるのもまたまちがいなのだろうか？　捕虜にそんなことをしてなんになる？

真相はわからないが、とにかくライパンは印象的な都市だった。

同時にそこは、自分のことを宇宙の中心だと思いこんでいる支配者が住まう場所であることがひと目でわかる都市でもあった。この都市に偶然の入りこむ余地はなかった。すべてが皇帝に属する宮殿や建築物を引き立てるようにデザインされている。ただし、努力のかいがあったかどうか、その評価は見る者それぞれだろう。

遠目からでも、皇帝のための建築物がさまざまな時代に建てられ、ときの経過とともに建築様式が変化したことが明らかだった。だが、それにも利点はある。どんな好みをもつだれがやってきても、お気にいりの建物を見つけることができた。皇帝に属する建物を引き立てるために、そのまわりには広場や大通りや公園が設置されていたが、その必要もなかっただろう。それらはどれも、ほかの建物の倍ほどの大きさで色は黄色で統一されていたため、ひと目で皇帝関連の建物だとわかったからだ。

どうやら、カラポンの支配者は黄色を好むようだ。公園でさえ、さまざまなトーンの黄色で彩られている。

また、ライパンでは上空高くを飛行することは許されていないようだ。どのグライダーも地面の近くを、道路に沿って飛行していた。カルタン人捕虜が乗ったグライダーも高度をさげていった。

都市をほぼ横断したところで、ようやく宮殿に到着した。

デル・ミオン将軍を先頭に、サル・テー、船から帯同した十二名の兵士、宮殿の近衛兵と思われる数名のカラポン人につづいて、ダオ・リン＝ヘイとゲ・リアング＝プオが巨大な縦長のホールに足を踏み入れた。金色に輝く飾り扉の前で、一同は立ちどまった。全身を武装した二名の近衛兵がカルタン人捕虜に手錠をかけた。しかし、これはむしろ儀式といえるものだった。というのも、これほどの数を相手に、たった二名でなにができるというのだろう？

兵士たちとサル・テーは扉から先に進むことは許されなかった。デル・ミオンと二名の近衛兵とともに、二名の捕虜が扉をくぐる。

目的地に到着した。

3

そこにたどり着くまでの印象から、ダオ・リン＝ヘイとゲ・リアング＝プオは、百名を超える兵士やすくなくとも同じぐらいの数の家来に囲まれて巨大な玉座にすわる、全身を着飾った何者かが待ち受けていると予想していた。奴隷にした、あるいは掠奪した惑星からもってきた宝であふれ、一見豪華でありながら、同時に陰鬱さも感じるような玉座の間を想像していた。

ところがそこは、大きくて明るくはあるが、まるで事務室のように冷たくて殺風景《さっぷうけい》な空間だった。壁には数枚の絵がかかっている。どれも異質な風景画だ。巨大な窓からは宮殿の奥にある公園で咲き乱れる美しい花が見えた。その公園だけは、この都市にあるほかの〝黄色の公園〟とは違って、ほっとするぐらいふつうに見える。

それを見たとき、自分でもおかしいと思ったが、ダオ・リン＝ヘイには、この公園こそが訪問者が遠まわりのルートで都市に接近しなければならない理由ではないかと思えた。さまざまなニュアンスの黄色以外の色に満ちた皇帝の庭……この皇帝なら、ありえないことではないのかもしれない。

大きな机のうしろに、とても小柄な中年カラポン人がすわっていた。非常に質素な明るいグレイのコンビネーションを身につけ、部屋に入ってきた一行を好奇心に満ちた目で見つめた。

デル・ミオンと二名の近衛兵が深く頭をさげたのを見て、ダオ・リン＝ヘイとゲ・リアング＝プオはとまどった。近衛兵が捕虜の二名をにらみ、肋骨のあたりを小突いた。

「頭をさげよ！」と、どなる。

カルタン人の二名はなにをすべきかわからなかったのではなく、そもそもそうした謙虚なふるまいに慣れていないのだ。

ゲ・リアング＝プオはさっと部屋を見まわした。いざというときのために、出口あるいは隠し扉を見つけておきたかったのだ。一方、ダオ・リン＝ヘイは机の奥にいるカラポン人の好奇心に満ちた視線をまっすぐ見つめ返した。

カラポンの皇帝がそこにいた。

その見た目は、むしろ役所の職員だ。唯一、頭頂から額にかけてひと筋の毛がゴールドイエローに染められている点だけが……あくまで好意的に見ればの話だが……皇帝らしいといえなくもない。

違う。ほかにもなにか違う点がある。見えるというよりは感じられるなにかがある。

かれの視線としぐさに満ちあふれている。ダオ・リン＝ヘイが、ヴォイカのメンバーも含めてほかのだれにも感じなかったほどの絶対的な自信が、安心が、そこにはあった。

このカラポン人は決して自分を疑うことがない。かれはカラポン人の〝皇帝〟、つまりひとつの星間帝国の軍事および政治の指導者であるだけでなく、神でもあるのだ。かれの考えること、話すこと、することに、決して過ちはない。手下どもがそう考えているだけでなく、自分でもそう信じている。

ソイ・パング皇帝は、二名の捕虜のぶしつけな態度を見ても、怒りをみじんも示さなかった。ただ、二名の挙動に注目している。

〈われわれについてすでになにを伝え聞いているのかはわかりませんが、不安などはまったくないようです！　むしろ好奇心であふれている。われわれに興味をもっているのです。特に、あなたに〉

ダオ・リン＝ヘイがゲ・リアング＝プオをにらみつけた。集中をじゃまされたと感じたからだ。

〈そんなこと、いわれなくてもわかっている〉ダオ・リン＝ヘイは強く念じた。

〈かれと話すときには細心の注意を〉ゲ・リアング＝プオは警告した。〈こいつは自分の意志を通すことに慣れています。そのためなら、どんな犠牲もいとわないでしょう〉

〈わたしには歯が立たないさ〉ダオ・リン＝ヘイが反抗的に考えた。〈おまえは自分の

心配をしていろ〉

〈わたしなど、あいつの眼中にありません。わたしはもと全知者ではないのですから〉

「デル・ミオン将軍！」

ソイ・パング皇帝の声が沈黙を打ち破った。低くて分厚い声で、発音は明瞭だった。その声を聞くだけで、はじめて皇帝と話す者にもすぐに理解できた。「ここで話すのは〝わたし〟だけで、ほかは聞き役に徹し、なにひとつとして反論してはならぬ」と。その背後には明らかな脅迫があった。

デル・ミオン将軍もそれを察知した。さらに深く頭をさげ、ただただ恐れおののいていた。《マーラ・ダオ》の船内にいたときのような自信はとっくに失っていた。

「貴君はベントゥ・カラパウを去った」ソイ・パングがいった。「そう報告を受けている。カルタン人の艦隊があらわれたタイミングで、われわれにとってアルドゥスタアルで最大かつ最重要の拠点を見捨てることが、本当に賢い選択だったと思うのか？」

「お許しください、皇帝陛下」デル・ミオンは心臓が口から飛びだしそうだった。「決断せねばならなかったのでございます。また、わたしには皇帝陛下からの的確な助言を得るほどの時間が残されておりませんでした。自分で最善だと思えることをしたのでございます。わたしの判断がまちがっていたのであれば、責任をとらせていただきます」

最後の言葉はよけいだった。デル・ミオンにはもとから、自分の運命を自分で決める権利などなく、皇帝のなすがままなのだから。

あまりにもあたりまえなことなので、皇帝はデル・ミオンにその点を指摘する気さえなかった。

「その決断とは？」皇帝は問いただした。

デル・ミオンは言葉を失った。詳細についてはすでにすべて報告した。皇帝の問いかけがなにを意味しているのか、デル・ミオンにはわからなかった。決断にいたった理由をもっと説明しろといいたいのだろうか？ それはつまり、これまでの説明がたりなかったということであり、ソイ・パングは不満を……

デル・ミオンはそれ以上考えないことにした。

「捕虜に関する決断で」説明しようとするが、その声は力がなかった。ダオ・リン＝ヘイを指さす。

「カルタン人だな」ソイ・パングが感情を示さずにいった。「それがどうした？ その者のためにベントゥ・カラパウを犠牲にしたのだから、よほど貴重なのだろうな！」

これは駆け引きだ、デル・ミオンは悟った。なぜなら、皇帝に前もって提出した報告で、捕虜が貴重であることはすでにくわしく説明してあるからだ。だが、その点を指摘することはあえて控えた。

「この者の価値はそれどころではございません、皇帝陛下！」デル・ミオンは堰《せき》を切ったかのように話しはじめた。「こいつは〝モトの真珠〟のふたつめの破片のありかを知っているのでございます。カルタン人どもは大艦隊を引き連れてやってきました。ベントゥ・カラパウを維持できないことは、はじめからわかっていました。われわれは四隻の宇宙船を失い、それに加えて、二十隻の船がさまざまな任務に出ていましたので、増援を期待できる状態でもございませんでした。一方、カルタン人は無線一本でさらなる戦闘艦を呼び寄せることもできたのです。われわれに勝てる望みはありませんでした」

「カラポン星間帝国の最大の資本は、犠牲をいとわぬわが軍の勇気と覚悟である」ソイ・パング皇帝は堂々といいはなった。「わが兵は、武器をもつ手があるかぎり、決して戦いを放棄しない。そうしないなら、それは反逆である！」

「もちろんですとも、皇帝陛下」デル・ミオンが屈服するかのようにいった。

「だがその一方で」皇帝がつづけた。「もし戦闘をつづけていれば、このカルタン人は」ダオ・リン＝ヘイを指さした。「ベントゥ・カラパウでの戦闘に巻きこまれて死ぬか、あるいは逃走していたであろう。われわれにとって、死んだダオ・リン＝ヘイは役にたたず、逃げたダオ・リン＝ヘイは非常に危険な存在になった。貴君の報告によると、モトの真珠の第二の破片はアルドゥスタアルに存在する。つまりはデル・ミオン、もし貴君がダオ・リン＝ヘイをベントゥ・カラパウで捕虜にしていなければ、こいつはいまごろ〝真珠〟を手に入れていたことであろう」

「おっしゃるとおりでございます、皇帝陛下」デル・ミオンの声にすこしだけ希望が戻ってきた。

「そして、責任あるカラポン人として、貴君はそのような扱いのむずかしい任務をほかのだれにも任せることができなかった」

「それほど貴重な捕虜ですから、目を離すべきではないと思いました」デル・ミオンが釈明した。「このカルタン人に関しては、さまざまな迷信がささやかれているのでございます。わたしの部下でさえ、極度に怯え、冷静さを失うこともございました」

ダオ・リン＝ヘイはこらえきれなくなって、思わず皮肉な笑みを浮かべてしまった。カラポン皇帝はそれに気づいたが、なにもいわなかった。だが、その思考に〝サル・テー〟の名が浮かんだ。

じつはサル・テーも、着陸前にカラポンへ報告を送信していたのだ。その報告には、明らかな警告が含まれていた。サル・テーはダオ・リン＝ヘイを危険とみなしていた。かれはダオ・リン＝ヘイに関して皇帝に警告を伝え、彼女に決して近づかないよう、助言というよりもむしろ懇願していた。

だが、それこそが過ちだった。サル・テーが報告したことで、その内容とはまさに真逆のことが起こったのだ。ソイ・パング皇帝の好奇心が刺激されたのである。カラポン皇帝は、ダオ・リン＝ヘイにまつわるすべての謎と秘密をくわしく解明すると心に決めていた。

〈まずいですよ〉ゲ・リアング＝プオが心配そうに考えた。〈あなたにとって、厄介なことが山ほど起こりそうです！〉

〈わかっている〉ダオ・リン＝ヘイが応じた。〈でも、このリスクは避けるわけにはいかない。かれがモトの真珠をもっている。どうにかして、かれに近づく必要がある〉

〈それって、この反応をあなたが意図的に引きだしたということですか？〉驚いたゲ・リアング＝プオが問いかけた。

〈当然だろう？〉ダオ・リン＝ヘイが平然と返した。〈予想したよりもうまくいっているようだ〉

「貴君の行動は正しかった」カラポン皇帝が将軍にいったが、ほっとした表情を見せた将軍にすぐに釘を刺した。「だがそれも、貴君が本当に正しいカルタン人を捕虜にしたのであれば、の話だ。しかし、この点に関しては、簡単に確証を得ることができる」

皇帝があるボタンを押すと、扉が開いた。

「入れ、フェング・ル！」と、命じた。「捕虜の身元の特定を行なう」

ダオ・リン＝ヘイは息をのんだ。

こうなることは想像できたはずだ、と自分にいい聞かせる。だが、そういい聞かせているという事実が、この事態を予想していなかったことを証明していた。いずれにせよ、このようなタイミングとこのような形は想定していなかった。

そして、ソイ・パングが意図的にそう仕向けてきたことに気づいた。カラポン皇帝のインパルスのなかに、ほんのわずかながら、勝利の高揚感が漂ったのを、ダオ・リン＝ヘイは見落とさなかった。

ソイ・パング皇帝が優位に立った。かれはサル・テーから受けとった警告を、ダオ・リン＝ヘイとゲ・リアング＝プオが考えたよりも真剣に受けとめたのだ。サル・テーが、ダオ・リン＝ヘイは他者の思考が読めると主張したので、皇帝は対策を整えていた。そして、いまのいままで、フェング・ル大提督のことをいっさい考えないようにしていた。

でも、どうやって？　テレパスと対峙《たいじ》した経験があるのだろうか？

ダオ・リン＝ヘイはその問いはあとまわしにした。その答えはあとでじっくり探せばいいと思った。ダオ・リン＝ヘイは振り返った。状況が許すかぎり、フェング・ルに背を向けたくはなかった。

ソイ・パングが怒りのインパルスを発した。カラポン皇帝は、彼女の行動を反抗的だと感じたのだ。だが、かれの怒りなど、いまのダオ・リン＝ヘイにはどうでもよかった。

フェング・ルが入ってきたのだ。

《ナルガ・サント》でフェング・ルが乗員の無防備な子孫たちを殺そうとしたとき、ダオ・リン＝ヘイは爪でかれの顔に模様を描いた。カラポン人にしてみれば、死に等しい屈辱だ。

もちろん、治療者が傷を癒やすことはできたはずなのに、フェング・ル自身がそれを拒んだ。ダオ・リン＝ヘイの爪が残した傷が、いまもフェング・ルの顔にはっきりと見えた。こめかみから首のあたりまで、二本の細い平行線がはしり、そこには毛も生えていない。どうやらフェング・ルは、自分がソイ・パング皇帝の宮殿に呼ばれている理由を知らなかったようだ。目の前に憎むべき女カルタン人がいるのを見て、フェング・ルは衝撃を受けていた。

かれから武器を預かる必要はだれも感じなかったようだ。武装したまま皇帝の前に立つのを認めるほど、だれもがかれの忠誠心を信じていたのだろう。だが、そのフェング・ルがダオ・リン＝ヘイを目にしたときに、どれほど強い憎しみを抱くかまでは、だれも予想していなかった。この点に関しては、ソイ・パング皇帝でさえ判断が曇ったようだ。でなければ、皇帝はすくなくとも近衛兵に対して、両者の対面が危険な状況に発展する可能性を指摘し、それに対する対策をとらせていたにちがいない。

だが、近衛兵はなにも気づいていなかった。

その瞬間のフェング・ルは、自分がどこにいるのかさえ、完全に忘れていた。かれの視界には、デル・ミオン将軍も、近衛兵も、ゲ・リアング＝プオも入らなかった。皇帝の存在さえ忘れていた。その目はガラスのように焦点を失い、口は半開きになり、髭は逆立った。右手をおろし、ホルスターから武器を抜く。

ソイ・パング皇帝は反応が遅れた。自分の目の前でなにが起ころうとしているのか、すぐには理解できなかったのだ。将校のひとりが皇帝の前で武器を抜き、安全装置をはずしたという事実だけで、すでに前代未聞の状況だった。

近衛兵は規則を守りつづけた。フェング・ルに顔を向けようともしない。そんなことをすれば、皇帝に背を向けることになる。

フェング・ルの指が引き金に触れた瞬間、ダオ・リン＝ヘイは床に伏せた。轟音《ごうおん》が響いた。まるで狭い空間に稲妻が落ちたかのようだ。的をはずしたのに気づいたフェング・ルは、怒りと失望の雄叫びを上げた。

ダオ・リン＝ヘイは手を拘束されているにもかかわらず、猫の機敏さを発揮して、ソイ・パング皇帝のいる机のほうへ走った。目の端で、皇帝の頭から半メートルほど横の壁面に小さな穴が開き、そこから煙が上がっているのが見えた。

二発めがはなたれた。ダオ・リン＝ヘイは左肩に焼けるような熱を感じた。熱を帯びた破片が顔の横を飛びすぎていく。カラポン皇帝の机が、角のひとつを失っていた。

「フェング・ル！」

皇帝の声でデル・ミオンと近衛兵がわれに返った。

デル・ミオンがダオ・リン＝ヘイに飛びかかり、その両脚をつかんで、机とカラポン皇帝から引き離した。近衛兵は大提督の手から武器をたたき落とし、その腕をうしろにまわして、からだごと持ち上げた。フェング・ルは一瞬だけ抵抗したが、すぐに抵抗することが自分にとってどれほどの危険をもたらすかを理解した。

気をとりなおし、怯えながら、そして驚きながら、頭をさげる。自分がなにをしでかしたのか、ようやく気づいたのだ。

「そいつをはなせ」ソイ・パング皇帝が氷のように冷たい声でいった。皇帝はいまだに破壊された机の奥にすわっていた。恐怖と驚きで身動きができなかったわけではない。もともと、かなり冷徹な性格なのだ。

近衛兵はとまどった。かれらにしてみれば、フェング・ル大提督の予想外の行動が皇帝ではなく、捕虜に向けられていたことが、理解不可能だった。できることなら、いますぐにでも大提督の首を絞めたかった。だが、近衛兵がソイ・パングに対して絶対の服従心をもっていたおかげで、フェング・ルはその場で死なずにすんだ。それがフェング・ルにとって恵みかどうかは、まだわからない。ソイ・パングの判断を待つ必要がある。

「そいつをはなせといったのだ！」カラポン皇帝が冷たく吠えた。

近衛兵は命令に従って脇に寄ったが、フェング・ルから目を離さなかった。近衛兵の一名がすばやく身をかがめて大提督の武器を拾い上げ、安全装置をかけて腰に差した。

ソイ・パング皇帝はざっと見まわして部屋の被害を確認した。そしてダオ・リン＝ヘイをじっと見つめる。皇帝の視線に気づいたデル・ミオンが、カルタン人捕虜を解放した。

肩を眺めた。
皇帝は立ち上がり、机の横を通ってダオ・リン＝ヘイに歩み寄り、その焼けただれた肩を眺めた。

ダオ・リン＝ヘイは軽蔑するような目で、皇帝をにらみつける。恐ろしい痛みを感じていたが、それを示してしまうぐらいなら舌を噛んで死んだほうがましだと思った。

ソイ・パング皇帝は傷を確かめ、驚いた表情でカルタン人を見た。両者の視線がぶつかった。一瞬、黙ったまま見つめ合ったのち、皇帝が背を向けた。

「どうやら、貴君はこのカルタン人を知っているようだな」皇帝はフェング・ルに問いただした。「だが、その反応は予想していたよりも激しいものだった。その頰の傷は、この者につけられたのか？」

「はい」フェング・ルが暗い声で答えた。

「なぜ、この者を殺そうとした？　わたしの目の前で、わたしの許可もなく？」

フェング・ルはいまだに復讐心が収まっておらず、恐怖や後悔はまったく示していなかった。ただじっと黙っている。その目には怒りと反抗が宿っていた。

「まあ、いいだろう」ソイ・パング皇帝にはなにか考えがあるようだ。「わたしの用がすめば、この者を貴君にゆだねてもよいかもしれぬ。この者が、モトの真珠の第二の破片についてなにかを知っているのだな？」

「それがどこにあるのか、隠し場所を知っています」フェング・ルが喉を鳴らした。

「貴君から聞きたかったのはそれだけだ」恐怖を覚えるほどのやさしい声でソイ・パングがいい、デル・ミオン将軍に向きなおった。「昇進おめでとう。わたしにはあらたな大提督が必要だ」

フェング・ルが固まった。だが、カラポン皇帝に反論したい気持ちをおさえるだけの理性はすでにとり戻していた。この期《ご》におよんで反論などしては、それこそ死に直結しかねない。だが、反論したい気持ちが胸にあふれていることは、だれの目にも明らかだった。

《ナルガ・サント》を見つけて拿捕するのにほぼ成功したのはフェング・ルだ。巨大な難破船を巨大な戦利品としてベントゥ・カラパウへもたらすことに成功しかけたのは、フェング・ルなのだ。かれがダオ・リン＝ヘイを見つけ、彼女がどれほど重要かを察した。かれがいなければ、デル・ミオンにはどれほど貴重な捕虜が運よく手に入ったか、理解すらできなかっただろう。フェング・ルなら、ベントゥ・カラパウを〝絶対に〟見捨てたりしなかった。かれはただ、モトの真珠をカラポンへもたらせという皇帝の命令に従ったために、その場にいなかっただけだ。

フェング・ルがこの命令を受けとっていなければ……

もしかれがその命令を受けとっていなければなにが起こっていたか、答えるのはむずかしい。だが、ソイ・パング皇帝には、フェング・ル大提督が自信の憎しみと復讐をほかのなにによりも優先したにちがいないと思えた。

一方のデル・ミオン将軍は、そもそもそのようなむずかしい選択に直面していなかった。ダオ・リン＝ヘイに顔を傷つけられたわけでもない。

「この者に関しては」ソイ・パング皇帝がダオ・リン＝ヘイに顔を向けていった。「隠し場所も含め、モトの真珠について知っていることを、いますぐすべて話してもらう」

「わたしはなにも知らない」ダオ・リン＝ヘイが答えた。そして、それは真実だった。

「わたしに嘘をついても、得はないぞ」皇帝が応じた。「いずれにせよ、本当のことを話してもらう。どのような形で話すことになるかは、きさまが決めることだ。わたしの我慢が限界に達する前に真実を話すことを、切に勧めるがな」

ダオ・リン＝ヘイは見くだすように皇帝を眺めた。

「わたしはなにも知らない」同じ答えをくりかえした。「たとえなにかを知っていても、あなたにだけは明かさない。無理やり白状させるつもりなら、それはまちがいだ。なにも知らないのだから、あなたにできることといえば、わたしに嘘をつかせることだけ」

「モトの真珠のありかを知っていると、ベントゥ・カラパウでいっていた。きさまがあそこにやってきたのは、取引を提案するためだった。ありかもわからないもので、取引するつもりだったのか？」

「策略さ」ダオ・リン＝ヘイはあっさりといってのけた。「ただの嘘」

ソイ・パング皇帝はダオ・リン＝ヘイの顔を見つめた。次にその肩を眺める。

「それよりもひどい目にあうぞ」皇帝は小声でいった。「それはいやだろう」

ダオ・リン＝ヘイは黙っている。

ソイ・パングはため息をついた。

「連行しろ」近衛兵に命じる。「両者ともだ。だが、傷はつけるな。まだ用がすんだわけではない」

＊

宮殿の警備にあたるカラポン人は、皇帝の口から発せられる命令のすべてを忠実に実行するよう訓練されていたようだ。したがって今回も、二名の捕虜を丁重に扱った。とはいっても、あくまで荒々しいまねをしなかったというだけで、ダオ・リン＝ヘイが負傷していることはまったく意に介さなかった。ソイ・パング皇帝が傷の手当てをしろと命じなかったからだ。

カルタン人捕虜の二名は宮殿の広い地下にある房に入れられた。そこまでずっと歩いてきた。どこかでソイ・パング皇帝がスクリーンの前にすわり、自分たちの歩みを見ているにちがいないと考えると、ダオ・リン＝ヘイは痛みを我慢して、毅然と歩くことができた。

房のなかには二台の寝台があった。隅には仕切りで隔てられた最低限の衛生設備がある。とても原始的で汚かった。飲み水が細い管から傾《かたむ》いたプレートにちょろちょろと流れだし、細い隙間に消えていった。照明はやけに明るく、不快だった。

「野蛮な連中だ！」ゲ・リアング＝プオが毒づいた。「われわれの文明では、最低の犯罪者でさえ、こんな場所に閉じこめたりしない」

「もっとまともな扱いでも期待していたのか？」ダオ・リン＝ヘイが皮肉をいった。

「われわれはいまカラポン人の帝国にいるのだぞ」

「すくなくとも、包帯ぐらいくれてもいいでしょう」ゲ・リアング＝プオが返す。「ちょっと、見せてください」

ゲ・リアング＝プオが傷口にこびりついた衣服の布をとがった爪で慎重に剝がすのを、ダオ・リン＝ヘイは歯を食いしばってじっと耐えた。

「あのいまいましい真珠がどこにあるのか、わかりさえすれば」ゲ・リアング＝プオはつぶやいた。「見つけたら、あの思い上がったソイ・パングの口に突っこんで、窒息死させてやる。ですが、かれらはなぜ、真珠が《ナルガ・サント》にあると思いこんでいるのでしょう？」

「わからない」ダオ・リン＝ヘイが静かにいった。「でも、われわれがなにも知らないとわかれば、教えてくれるかもしれない」

「そのときはもう、われわれは用ずみですよ」ゲ・リアング＝プオが喉を鳴らした。「あいつの話を聞きましたよね。きっとわれわれを、長い時間をかけてゆっくりと殺すつもりです。最初はもちろんあなたです」

「そのうちわかる」ダオ・リン＝ヘイはそうつぶやいて、寝台に横たわった。

興奮してもなにも変わらないとわかっていたし、いまのように、どのみちなにもできない状況に陥ったときには、いざというときのためにからだを休めておくのが最善だと思ったからだ。

半睡状態のなか、さまざまな思考が無意識に浮かんでは消えていった。夢ではない。むしろ、脳がそれまで蓄えてきた印象を、理性にじゃまされることなく、解きはなちはじめたのだ。おかげで緊張が解け、意識の支配下では見逃してしまうような物事にも気づけた。

カラポン皇帝ソイ・パングの行動から、かれはプシ能力者を相手にした経験があると、ダオ・リン＝ヘイには感じられた。

実際に経験したことはなくプシ能力というものが存在することを知識として知っているだけかもしれない。

いずれにせよ、もし第三者のテレパスが背後に存在するのなら、ソイ・パングはまちがいなくそのテレパスにカルタン人捕虜の思考を読ませようとしただろう。そして、そのテレパスがどれほど有能で、自分の存在を隠そうとしたとしても、読心相手の頭のなかになんらかの痕跡を残したはずだ。今回は相手もテレパスなのだから、痕跡をまったく残さないというのはありえない。通常の意識状態では、決して見つからないほどのちっぽけな痕跡が、自分のものではない異質な映像や思考の残滓《ざんし》が、探せば見つかるはずだ。

だが、ダオ・リン＝ヘイにはそのような痕跡が見つけられなかった。ゲ・リアング＝プオでも結果は同じだったため、数時間後、ソイ・パングの配下にはテレパスがいないと結論づけることができた。

「ひとまずは安心だな」ダオ・リン＝ヘイが満足げにいった。そして、頭のなかでこう付け加えた。あとは、ソイ・パングのインパルスさえ感知できたら。でも、このやけどの痛みは我慢ならない。とにかく、いまはすこしでも眠ったほうがいい。

だが、眠っているあいだに傷がよくなっているという希望は実現しなかった。数時間後、ダオ・リン＝ヘイは熱にうかされていた。傷口が炎症を起こしたのだ。熱はどんどん上がっていった。肩は腫れ、このままいけば毒が全身にまわり、命にかかわると思えた。

なのに、だれも治療にやってこない。数時間おきに壁にある小窓が開き、毎回その背後にある小さな空間に味のない栄養粥《がゆ》が注《そそ》がれた椀がふたつ置かれていた。

「これがなんの役にたつの？」翌日、熱にうかされて横たわるダオ・リン＝ヘイの横で、ゲ・リアング＝プオが房の天井、決して消えることのないまぶしいランプに向かって叫んだ。「このますこしの薬もくれないなら、彼女は死んでしまう。そうなれば、あなたは探している答えを決して得られない。わかってるのか、ソイ・パング？」

だが、だれも答えなかった。

4

サル・テーはため息をつき、耳栓が欲しいと願った。あの音を聞いていると頭がおかしくなりそうだ。不快で、苦しくて、神経に障った。

この音を苦にしない者が一名だけいた。

フェング・ルだ。

フェング・ルは高さの低いマットに右肘をついて横たわり、爪を研《と》いでいた。爪を研ぐのには便利な道具があり、フェング・ルの目の前にある小さなテーブルにもいくつか転がっていたのだが、使う気はさらさらないようだ。その代わり、石でできたテーブル板の角で一本ずつ順番に研いでいる。もう両手の指を四回もくりかえし研いだ。このまま何時間も同じことをつづけるのだろう、サル・テーはそう予想した。

いいかげんやめてくれないと、殺してしまいそうだ！　とサル・テーは考える。

だが、それはかなわぬ夢だろう。むしろ、爪が完全になくなるまで、フェング・ルは絶対にやめないにちがいない。そしてかれは、爪がなくなったのも、窮地に追いこまれたのも、すべてをサル・テーのせいにするのだ。

あれはいくらなんでも不当だった。確かに、ソイ・パングは正真正銘カラポンの皇帝だ。だがそれでも、〝あんなこと〟をしていいはずがない。

「〝なにを〟していいはずがないのだ？」フェング・ルが怒りに満ちた声でたずねた。

サル・テーはぎくりとした。自分が最後の言葉を声に出してささやいたことに、気づいていなかったのだ。もちろんそれはひとりごとであって、フェング・ルに向けた非難ではない。だがフェング・ルは、そのような事情に配慮するようなカラポン人ではなかった。

「あなたとあのダオ……カルタン人を会わせるべきではなかった」サル・テーが力なくいった。「皇帝は知っていたはずです。あなたが……」

「皇帝はなにも知らなかった」フェング・ルが怒りに満ちた声でさえぎった。

「皇帝に伝えていなかったのですか？」サル・テーが驚いて問い返した。

「もちろん伝えなかった！　こんなみっともない話、できるわけがないであろう！」

「ですが、モトの真珠を皇帝に差しだしたとき、あなたもその場にいたのですよ。そのときに皇帝もその顔の傷……それを見たはずでしょう！」

「皇帝は真珠を見たのだ。わたしではない。真珠をもとの場所に戻すと、皇帝はわたしに退室を命じた」

「では、報告は？」

「なんの報告だ？」

「あなたが皇帝に伝えるべき報告ですよ！」

「皇帝は確かに報告を受けとった。それだけだ」

フェング・ルはテーブルの角で爪を研ぐのをやめて、視線を上げた。

「何者かがわたしに対して陰謀をくわだてたのだ」苦々しくいった。「それにはすぐに気づいた。皇帝はあの巨大船の話をして、それがどこにあるのかとたずねた。だが、わたしにいえたのは、それがまだアルドゥスタアルに到着していなかったことだけだ。わたしは現場を離れて、ここにきたのだからな。なのに皇帝は、それがわたしの落ち度であるかのように話した。もちろんわたしは、あの巨大船が見つかった場所へ戻る許可を求めた。わたしにあの船の修復を担当させてくれ、と。だが皇帝はその申し出も無視した」

フェング・ルの怒りに満ちた視線を、サル・テーはまっすぐに受けとった。もちろん、目の前にいる前大提督は、ソイ・パング皇帝の心変わりを引き起こした犯人として、サル・テーを疑っていた。そんなことができたのは、サル・テーかデル・ミオンだけだからだ。そして、デル・ミオンと違ってサル・テーは《ナルガ・サント》での出来ごとにくわしかったのだから、フェング・ルは当然サル・テーがいちばん怪しいと考えていた。

だが、裏切りの証拠はまだ見つかっていない。

そして、サル・テーは潔白だった。ソイ・パング皇帝に対して、フェング・ルの信用を落とすようなことはなにもいわなかったし、なにもしなかった。

それにしても、皇帝の言動は奇妙だった。いままでずっと、フェング・ルは皇帝のお気にいりだった。皇帝はかれを信頼していたし、だからこそ昇進もさせた。モトの真珠さえかれに託したほどだ。

信頼していなければ、そんなことをするわけがない。

そうはいっても、ソイ・パング皇帝のことをわかった気になるのには用心したほうがいい。そのことを、身をもって思い知ったのは、今回のフェング・ルがはじめてではないし、きっと最後でもないだろう。

そして、今回の出来ごとにまったくもって不可解な点があるとすれば、それは皇帝がフェング・ルに厳しい罰をあたえなかった事実だろう。

宮廷内での出来ごとを思い出すだけで、サル・テーはいまだに背筋が冷たくなる。サル・テーはダオ・リン＝ヘイが自分に発した予言を思い出しながら、彼女が扉の向こうへ消えていくのをただじっと見つめることしかできなかった。

〝あなたがカラポン皇帝の前に立つことは許されない〟

彼女のいうことは正しかった。サル・テーの報告も、カルタンの魔女を詳細に調査してその超常能力から皇帝を守る手段か方法が見つかるまで、彼女には接触しないほうがいいというソイ・パング皇帝への進言も、どちらもむだに終わった。

皇帝は、どうせ無能な臣下の報告を信じなければならないのなら、サル・テーではなくデル・ミオンのそれを信じた。

だからサル・テーは黄金の扉の前で立ちどまらなければならなかった。そして暗い考えにふけりながら、なにを待つでもなく、ただそこに立っていた。近衛兵がそこにとどまるよう命じたからだ。サル・テーはそれに従った。なにかを期待していたからではなく、従うことに慣れていたからだ。

だが驚いたことに、そこへフェング・ルがあらわれた。

大提督は副官には一瞥《いちべつ》もくれなかった。きっと軽蔑や不信感から意図的に無視したのではなく、緊張していて、サル・テーの存在が目に入らなかったのだろう。

サル・テーのほうも、フェング・ルに自分の存在を気づかせるつもりはなかった。それどころか、できることならフェング・ルには今後二度と会いたくないとさえ思っていた。だから無言を貫き、背後でじっと立ちつくした。

フェング・ルが扉に近づいた。皇帝の声が聞こえた瞬間、サル・テーはこのままではフェング・ルがダオ・リン＝ヘイに遭遇するという事実に気づいた。そう思ったときには、すでに手遅れだった。

そのあとは混乱が支配した。近衛兵の一団が駆けつけ、戦闘ロボットもやってきた。そしてかれらがふたたびその場を去ったかと思うと、カルタン人の二名が連行されていった。ダオ・リン＝ヘイは傷を負っていた。最悪の事態を想像したが、皇帝が存命であることを知り、ほっと胸をなでおろした。あの女カルタン人の能力をすこし高く見積もりすぎていたのかもしれない。

サル・テーは一瞬、このどさくさでフェング・ルという頭痛の種がこの世から消えてなくなったのではないかと期待したが、大提督はすぐに部屋から出てきた。そのようすは悲惨だった。目はぎらつき、手は震えていた。だが、拘束されてはいなかった。そしていまも拘束はされていない。そこに横たわって、また自分の爪をいじめている。皇帝はいったいなぜフェング・ルを赦《ゆる》したのだろう？

別のだれかなら、きっとすぐに罰をくだしていたはずだ。ほかのカラポン人なら、宮殿を生きて出られなかったにちがいない。出られたとしても、それは屋外で処刑するためだ。

サル・テーは、ソイ・パング皇帝の理性を疑ってもむだだと自分にいい聞かせた。皇帝が慈悲をあたえるつもりだったのなら、だれにもそれを阻止することはできなかっただろう。だが、そのしわ寄せを食うのは、いつもサル・テーでなければならないのか？

公式には、フェング・ルは降格すらしていない。すくなくとも、本来の手続きは行なわれていない。そのため、サル・テーはいまなおフェング・ルの副官であると考えるしかなく、それに伴うあらゆる結果を受け入れざるをえなかった。そのひとつとして、サル・テーには自分の道を歩むこともできない。フェング・ルのそばにいて、かれのためにつくす必要がある。

フェング・ルはアルドゥスタアルからの帰還後にあてがわれた宿舎に、いまもとどまっていた。そこにある部屋はどれも、大提督という以前の役職にふさわしい豪華さであるばかりでなく、だれもかれをそこから追い出そうとはしなかった。

頭がおかしくなりそうだ！　サル・テーは考えた。

そのとき、爪をこする音が突然やんだ。

「もう我慢ならない！」突然生じた静寂をフェング・ルが破った。

「なんの話ですか？」サル・テーが驚いてたずねた。

「そのままの意味だ。これ以上我慢できない。こんな扱いは受け入れられない」

サル・テーは自分の頬を思いっきりつねろうかと思った。これは夢だろうか？　そうだ、夢にちがいない。

「カラポン皇帝の権利といえども、無限ではないはずだ」フェング・ルがつづけた。「あのカルタン女はわたしのものだ。皇帝でさえ、わたしの権利を奪うことはできない。これ以上顔に泥を塗られてたまるものか」

サル・テーは喉がむずむずした。思わずヒステリックに笑い出しそうになったが、なんとかこらえる。

そうだ、ようは文字どおりフェング・ルの顔の問題なのだ。

「わたしとて、あの女に真珠について尋問することは皇帝に認めたであろう」フェング・ルはつぶやいた。「当然のことだ！　それどころか、皇帝とかれの専門家をサポートしたはずだ。だが、あの女をわたしから奪うのは話が別だ。名誉にかかわる問題だ。皇帝といえども、無視するのは許されない」

「それが許されるのですよ」サル・テーが冷静にいった。「なにしろ、皇帝ですから。あなたも皇帝に対して、永遠の忠誠を誓いました。皇帝があなたに自分の足の指を食えといえば、それに従わなければなりません！」

「それとこれとは話が別だ！」フェング・ルが怒りのままに叫んだ。

サル・テーが驚いてフェング・ルを見つめる。

「フェング・ル、おたずねしたいことがあります」ためらいがちに切りだした。「本当に名誉の問題なのでしょうか……デル・ミオンに対するただの嫉妬ではありませんか！」

「ソイ・パングが臆病者の不誠実な態度に褒美をあたえたいなら、そうすればいい。それは皇帝が自分で決めることだ」フェング・ルが喉を鳴らした。「実際にそうする理由は、わたしには思いつかんがな」

「わたしも同感です」サル・テーがつぶやいた。

「ところで、その後ベントゥ・カラパウがどうなったか、だれかすでに知っているのですか？」

「いや」

「拠点はもう完全に失われたかもしれませんね」

両者は見つめ合った。

「あそこでの暮らしは悪くありませんでした」サル・テーが物思いにふけるようにいった。「美しい惑星だった」

「そして、それが失われた責任はだれにある？」

「デル・ミオンです」サル・テーが答えた。「そしてダオ・リン＝ヘイにも」

そういってサル・テーはすぐに恐怖した。フェング・ルのいる場所でその名を口に出すのはあまりに危険だった。しかし、今回は、フェング・ルはその名に反応しなかった。

「あの女をとり戻してやる」といって喉を鳴らした。「どこにモトの真珠があるのか白状させてから、殺してやる」

「そんなことをしたら、ソイ・パング皇帝に処刑されます」

「命より、名誉のほうが重要だ」

この言葉は、フェング・ルには似合うが、サル・テーには似合わない。だが不幸なことに、両者の運命は密接に絡み合っていて、サル・テーには自分の運命をフェング・ルのそれから解きほぐす方法が見つかりそうになかった。この愚か者の副官として、今後も仕えなければならない。それを怠れば、サル・テーが自分の顔に泥を塗って名誉を汚すことになり、その報いを受け入れざるをえなくなるだろう。逆に自分の役目をまっとうしてフェング・ルに仕えつづければ、かれとともに反逆者とみなされ、罰せられることになる。

どう考えたところで、明るい未来はやってきそうになかった。例外は……

「名誉と命の両方を守ることができるとしたら？」サル・テーは問いかけた。

「そんな方法はない！」驚いたフェング・ルが答えた。

「とりあえず」サル・テーはつぶやいた。「すこし考えさせてください。道がある気がするのです。危ない道ではありますが、それでも……」

「わたしは危険など恐れぬ！」

「ええ」サル・テーが無機質に答えた。「その答えを待っていました」

5

通廊から聞こえる足音が事態の変化を告げていた。数秒後、扉が開いた。二名の近衛兵が入ってきて入口の右と左に立った。ほかの二名がゲ・リアング＝プオの腕をつかんでダオ・リン＝ヘイから引き離した。

「なんのつもり？」ゲ・リアング＝プオが怒りをあらわに問いただした。

「心配はいらぬ！」一度聞いたことがあるだけで決して忘れられない声がいった。「ダオ・リン＝ヘイを助けにきたのだ」

ソイ・パング皇帝がほかのカラポン人を引き連れて部屋に入ってきた。

皇帝は寝台に歩み寄り、ダオ・リン＝ヘイをじっくりと見つめた。そして別のカラポン人に合図をすると、そのカラポン人がダオ・リン＝ヘイの診察をはじめた。診察は数秒で終わった。

「もう限界です」診察したカラポン人が暗い声でいった。「いますぐにでも……」

「まあ、もうすこし待て」ソイ・パング皇帝が命じ、ゲ・リアング＝プオに顔を向けた。

「きさましだいだ。いまならそいつを救うことができる。わたしが必要としている情報を教えてくれたら、そいつに最善の治療を施してやろう。さあ、モトの真珠についてなにを知っている？」

「《ナルガ・サント》と《マーラ・ダオ》で、そしてこの惑星にきて、あんたらカラポン人から聞いたこと以外はなにも知らない」ゲ・リアング＝プオは力なく答えた。「ソイ・パング、信じてもらいたい。なにか知っていたら、絶対に隠したりなんかしない。ダオ・リン＝ヘイの命と健康と引き換えなら、わたしは〝いかなる〟秘密も明かすだろう」

「なにも知らないというのだな？」

「モトの真珠についてはなにも」

「ならばきさまに用はない」皇帝は冷たくいいはなって、扉の脇にいた近衛兵に合図した。両者は武器を抜き、ゲ・リアング＝プオに向ける。それまでゲ・リアング＝プオを拘束していた兵が一歩離れた。

ゲ・リアング＝プオは目を閉じた。もうどうすることもできない。すくなくともダオ・リン＝ヘイが治療されるのを祈るだけだ。ゲ・リアング＝プオを射殺したあとも、ソイ・パング皇帝はダオ・リン＝ヘイがなにも知らないとは信じないだろう。ゲ・リアング＝プオが自分の命を捧げてまで秘密を守ろうとしたと考えるにちがいない。だが、この出来ごとを通じて、カルタン人相手にはこれまでのような威圧的な方法は通じないことぐらいは理解するかもしれない。

だが、近衛兵は撃たなかった。ゲ・リアング＝プオはまた何者かによって腕がつかまれたのを感じた。目を開けると、ダオ・リン＝ヘイが運び出されようとしていた。

「どこへ連れていく？」ゲ・リアング＝プオがたずねた。「せめて、彼女を治療してくれるのかどうかだけでも教えろ！」

皇帝は振り返り、冷たく笑った。

「こいつに本当に噂どおりの能力があるのなら、自分できさまに教えるだろうよ！」

ゲ・リアング＝プオは口ごもった。皇帝とそのとり巻きが出ていくのを、微動だにせずじっと見守る。そして寝台に腰をおろした。

ソイ・パング皇帝はミスを犯した。最後の言葉は、ダオ・リン＝ヘイを治療すると告白したことにほかならない。生きているダオ・リン＝ヘイだけが、テレパシーを使えるのだから。

ゲ・リアング＝プオは横たわり、目を閉じた。眠りたかったからではない。いまは眠っている場合ではない。ダオ・リン＝ヘイのインパルスを見失わないよう、集中しなければならなかった。

＊

何時間ものあいだ、ゲ・リアング＝プオはうなされるダオ・リン＝ヘイの夢のなかでとまどいつづけた。というのも、なにが現実でなにが現実でないのか、明らかではなかったからだ。いくつかの印象はわざと無視する、あるいはすぐに忘れようとした。ダオ・リン＝ヘイにも、他者に知られたくない古い秘密があることを尊重していたからだ。過去には、あまり多くを明かそうとしないダオ・リン＝ヘイの態度に、いらだちを覚えたこともあった。

ゲ・リアング＝プオとダオ・リン＝ヘイは数奇な運命で結ばれていた。さまざまな偶然が重なって、ゲ・リアング＝プオはほかの十一名のカルタン人とともにギャラクティカーの銀河系船団に参加し、やがて一行に加わったダオ・リン＝ヘイとともに停滞フィールドに囚《とら》えられ、この時代を体験することになった。

楽しい体験をしているわけではないので、むしろ不運が重なったというべきだろう。しかし、カルタンの歴史に楽しい時間など、そもそも存在しただろうか？

いずれにせよ、両者は自分たちの生まれた時代からは何百年も離れた場所にいた。もしなんらかの機会があって過去に戻れるとしても、みずからそれを望むことはないだろう。

百年戦争が過ぎ去り、戦いは終わって、その痛みと悲しみは克服されているこの時代。いま重要なのは、〝この時代〟を生き残り、カルタン文明をあらたな脅威から守ることだ。これまでのところ、その試みはあまりうまくいっていないが、絶対にあきらめるわけにはいかなかった。かならずモトの真珠を奪い、カルタンに戻ってみせる。

それが実現したら、なにが起こるのだろうか？

ゲ・リアング＝プオは、そのことについては考えないことにした。しかし、ダオ・リン＝ヘイの体調が回復しつつあることを感じるたびに、未来へも明るい希望がもてるような気がした。

健康なダオ・リン＝ヘイほど頼りになる仲間はほかにいない。だが同時に、彼女とのあいだの壁が消えたことも一度もなかった。彼女のすべてを知ることは決してできない。彼女はつねに秘密で満ちていて、そのことについて絶対に話そうとしなかった。

もしかすると、〝話せない〟のかもしれない。

熱による夢は消え、深い眠りが訪れた。ゲ・リアング＝プオは寝台の上で、ダオ・リン＝ヘイの思考を見失わないように慎重に寝返りをうった。

するとソイ・パング皇帝がやってきて、ダオ・リン＝ヘイに話しかけた。ゲ・リアング＝プオは最初から最後まで、ひとことも聞き漏らすまいと集中して、その会話を傍受した。

「きさまの治療を認めたのだ」ソイ・パング皇帝がダオ・リン＝ヘイにいった。「感謝してもらいたいものだな」

「なにに対して？」ダオ・リン＝ヘイが厳しい口調で応じた。「わたしが生きていることに対してか？　でも、この宮殿に閉じこめられているのなら、生きていることにあまり意味はないようだ」

「だれがずっと閉じこめておくといった？　モトの真珠のふたつめのかけらがある場所を教えたら、すぐに解放してやる」

「自分でも知らないことを、教えることはできない。いいかげん、認めたらどうだ？」

「きさまの仲間はこの秘密のために命を落としたのだぞ」

「それは嘘だ。彼女は生きている。あなたは彼女を脅したが、射殺はしなかった」

ソイ・パング皇帝はダオ・リン＝ヘイを見つめて考えこんだ。「ヴォイカの力か？」かれはたずねた。

「あなたがそう呼びたいならそれでいい」

「その能力もたいしたことはないようだな」皇帝はいった。「でなければ、フェング・ルの攻撃やその傷の化膿からきさまを守ったはずだ」

「あなたはこの能力のことを誤解しているようだ」ダオ・リン＝ヘイが笑みを浮かべた。

「この力で化膿を防ぐことはできないし、武器の威力にも太刀打《たちう》ちできない」

「なら、なんのための能力だ？」

「そのうちわかる」

その瞬間、ゲ・リアング＝プオはソイ・パング皇帝の思考の変化に気づいた。

〈それ以上の駆け引きはやめてください！〉ゲ・リアング＝プオはダオ・リン＝ヘイに

警告した。〈気づいていないのですか？〉

〈心配するな。わたしなら大丈夫〉

それ以降は、ゲ・リアング＝プオはダオ・リン＝ヘイのやり方に決して口出ししなかった。

その後も、ソイ・パング皇帝は頻繁にダオ・リン＝ヘイの病室にやってきた。そしてそのたびに同じ質問をくりかえし、同じ答えを受けとった。だが、それは気にならないようだった。

時間の経過とともに、ダオ・リン＝ヘイとゲ・リアング＝プオを結ぶテレパシーは強さを増し、ゲ・リアング＝プオが皇帝をある程度は観察できるほどになっていた。

ある日、ソイ・パング皇帝がやってきてダオ・リン＝ヘイにこういった。

「きさまはもう健康だ。だから決断してもらう。知っているすべてを話せば解放してやる。きさまの仲間も自由だ。やつらの運命は、きさましだいだ」

「答えは聞かなくてもわかるはずだ」ダオ・リン＝ヘイが冷たくいった。

「ならばよい」皇帝が応じた。「では、房に戻ってもらおうか」

＊

「ここはなにも変わってないな」ダオ・リン＝ヘイが口ではそういいながら、頭のなか

で付け加えた。〈あいつとはまだつながっているか？〉

〈ええ、でもインパルスがとても弱くて、とぎれとぎれです。この宮殿内のどこかに、われわれの能力をはばむなにかがあると考えておいたほうがいいでしょう〉

〈わざとそうしているのだろうか？　技術を使って？　それとも、プシ能力のある奴隷がソイ・パングのために働いている？〉

「わかりません」ゲ・リアング＝プオが声を出して静かにいった。「正直、かれ本人がなにかを知っているとは思えません」

「ここはかれの宮殿なのに？　自分にも知らないことがあるとわかれば、きっと驚くだろうな！」

ダオ・リン＝ヘイは、この数日ゲ・リアング＝プオが能力を酷使していたのを知っていたので、しばらく彼女に代わってあげられることがうれしかった。ゲ・リアング＝プオは数時間、ぐっすりと眠った。

ふたたび目ざめたとき、頭を上げて驚いた表情でダオ・リン＝ヘイを見つめた。

〈ソイ・パングの声が聞こえます！　命令をあたえています。われわれをまた別々にするつもりです〉

〈なぜ？〉

〈あなたにもっといい部屋をあたえるようです。そうやって、心変わりを誘うつもりで

しょう〉

ダオ・リン＝ヘイは目を細めた。

「好きにすればいい」と、つぶやく。

数分後、房の扉が開いた。武装したカラポン人が両者をじっと見てから、ダオ・リン＝ヘイに合図をした。

「ついてこい！」と、命令する。

ダオ・リン＝ヘイは従った。通廊を渡り、たくさんの房の扉を通り過ぎ、短い斜路をのぼった。ひとつの狭い門を二名のカラポン人が警護していた。その背後にはさらに通廊があったが、床には絨毯《じゅうたん》が敷かれ、カルタン系種族のすべてが心地よく感じる柔らかい赤色灯がともされている。どの扉にも金色の垂れ幕があった。

「ここはなんだ？」ダオ・リン＝ヘイがいぶかしげにたずねた。

「客用の部屋だ」カラポン人が端的に答え、垂れ幕を横にどけて扉を開けた。「入れ！」

ダオ・リン＝ヘイは黙って従った。背後で扉が閉じられた。

いずれにせよ、そこは殺風景な房とは大違いだった。絨毯、タペストリー、大きくて柔らかいベッド、低いテーブル、ふかふかの椅子。ドアを開けると、そこには必要充分な衛生設備を備えたバスルームがあった。テーブルの上には花瓶があり、皇帝の色である黄色とオレンジの花が飾られている。

〈すばらしいもてなしだな〉ダオ・リン＝ヘイはいやみたっぷりに考えた。〈わたしのために、費用のむだづかいをしなくてもいいのに〉

ゲ・リアング＝プオからは、なんのコメントもなかった。それどころか、ささいなエコーさえ届かなかったので、逆に不安を感じた。ダオ・リン＝ヘイは、ゲ・リアングが口にした疑惑を思い出した。どうやら、彼女の読みはあたっていたようだ。この宮殿にはなにかある……なにかがおかしい。

ダオ・リン＝ヘイは腰かけ、目を閉じ、もう一度試してみた。

〈おい、聞こえるか？〉と念じる。

〈ええ、はっきりと。あなたのあとを最後まで追うことができました。いま、どこにいるのかもわかっています〉

〈途中で接続が途切れなかったか？〉

〈しばらく弱くなったのですが、途切れるほどではありませんでした〉

〈わかった。今後も交信を保とう〉

ゲ・リアング＝プオは一瞬とまどった。

〈幸運を祈ります！〉と最後には考えた。

ダオ・リン＝ヘイにはいまこそ幸運が必要だった。たくさんの幸運が。

6

「だめ！」シサ・ヴァートはいい、ロイ・スクロムは不満そうに顔をそむけた。

「なぜだめなんだ？」サル・テーが失望したようすでたずねた。「きみらになんの損もないだろう？」

「首が飛ぶわ！」

「だが、きみらの首が飛ぶ理由なんて、ほかにもいくらでもあるじゃないか」サル・テーが淡々といった。

「あれはわたしたちの責任じゃない」女カラポン人は怒りをあらわにしていった。「あれはあのいまいましい艦隊を引き連れてきたカルタン人たちのせいよ。ダオ・リン＝ヘイがわたしたちをだましたの！」

「なら、ダオ・リン＝ヘイはどこからベントゥ・カラパウへの道を知ったのだ？」

シサ・ヴァートは黙りこんだ。

「きみらが彼女に道を示した」怒りと勝利の入り交じった声でサル・テーがいった。

「きみらときみらの仲間が。きみらが無線を使って監視センターに通信を行なって、カルタン人の艦隊に道を示した。ベントゥ・カラパウに対する奇襲はきみらの責任だ。わたしには皇帝がきみらをいまだに処刑していない理由がわからないほどだ」

「きみよりもソイ・パング皇帝のほうがわれわれの功績を高く評価しておられるのだ」ロイ・スクロムがいつになく硬い口調でいった。「いまはわれわれのことをそっとしておいてくれ」

「いや、そうはいかない！」サル・テーが気を悪くした。「そう簡単には口車に乗せられないぞ。それに、フェング・ルもきみらの危険な遊びについて知っているのを忘れるなよ。われわれはずいぶん前から、きみらが両方のために働いていることを知っているのだぞ」

「でも、それを証明することはできない」シサ・ヴァートはばかにするかのようにいった。「わたしたちはあなたたちに、カルタン人について一級品の情報を届けてきた。それを忘れないでもらいたいわ。もちろん、情報を得るためにカルタン人になにかを提供することもあった。対価なしではなにも得られないのだから」

サル・テーは怒りをこめて机をたたいた。硬化プラスティックの表面がきしみ、爪跡を残した。

「もういい！」サル・テーはどなった。「たくさんだ！　わたしに手を貸さないのなら、痛い目を見るぞ。今回ばかりは生きてアルドゥスタアルに戻れるとは思わないことだな。そうなれば、きみらの財産はどうなるのだろうな？　きみらは破滅だ！　わたしのいいたいことがわかるな？」

両者が黙りこんだので、サル・テーはそれを同意と理解した。

「よし」といって、こうつづけた。「ではきみらに、あのカルタン人の二名を宮殿から連れ去ってもらう」

「でも、どうやってそんなことを？」

「きみたちのことだ、きっといい案を思いつくだろう。グホリ＝ソシュの聖遺物を盗むよりむずかしいということはないだろう。リスクは同じ程度だ」

「そんなことはない！」ロイ・スクロムがうなった。

「宝物を盗まれたカルタン人のグレート・ファミリーも、きみらのことを殺す機会があるなら、喜んで受け入れるだろう。厚かましい泥棒どもを引き渡せば、いつだって殺すはずだ。ところで、ダオ・リン＝ヘイとゲ・リアング＝プオもそのグレート・ファミリーに属していたんじゃなかったか？」

「重要なのは時間だ」

「カルタン人が儀式に不可欠な聖遺物の窃盗に時効を認めるとは、わたしには思えないがな！」

「時間というのはその意味ではない」ロイ・スクロムがうめくようにいった。「カルタン人はそうしたことを短時間で見事にやってのける。あんたらの敬愛するソイ・パングなどよりも、はるかに機敏に」

「そのとおりだ」サル・テーが厳しい表情でうなずいた。「その点に関しても、わたしがきみらの立場ならよく考えてみるだろう」

両者は黙りこんだ。そのころには、両者ともサル・テーにほぼいい負かされていることを自覚していた。最後のだめ押しをするときがきた。サル・テーはいかにも楽しそうに、ゆっくりとこういった。

「ちなみに、もしきみらが単純に逃げてどこかに身を隠せばいいと考えているのなら、それは大きなまちがいだ。わたしにだって、つてがある。わたしは、きみらのリストにのっている宇宙船船長たちの名前を知っている。アルドゥスタアルにいくために、きみらがかれらに提示した賄賂《わいろ》の額も。ソイ・パング皇帝が腐敗した将校をどう処罰するか、知っているか？　賄賂を渡した側にあたえる罰に比べたら、なんてことはない！　もうわかっただろうが、きみらの首はわたしの手のなかにあるのを忘れるなよ」

「ああ！」ロイ・スクロムが怒りを隠さずにいった。「わかった」

サル・テーは満足そうにその言葉を受け入れ、フェング・ルのもとに戻った。

「あのカルタン人捕虜を連れだします」と、報告する。「両者ともにです。うまくいけば、ほかのカルタン人と、あの船も」

「わたしが欲しいのは、あの女だけだ」フェング・ルが恐ろしい声でつぶやいた。「ほかの連中がなんの役にたつ？」

「あなたは生きたくはないのですか？」

フェング・ルは口を閉ざした。

「生きたいのでしょう！」サル・テーがいった。「わたしは生きるつもりです。さあ、皇帝がモトの真珠をどこに隠しているのか、教えてください！」

「モトの真珠？　なぜだ？」

「盗むのですよ」

フェング・ルは立ち上がり、サル・テーを茫然と見つめた。

「頭がおかしくなったのか？」副官をどなりつけた。

「まったくの正気です！」サル・テーが物怖じせずに答えた。「フェング・ル、あなたがあの女カルタン人に復讐したいのなら、どうぞご勝手に。ですがそれには、その後の計画がなければならない。皇帝の怒りからわれわれを守る方法が」

「その方法とは？」

「モトの真珠です。しかも、〝完全な〟真珠。あるいはすくなくとも、いまあるかけらを、アルドゥスタアルで見つかるはずのかけらと組み合わせたものが」

「アルドゥスタアル？　どうやってアルドゥスタアルにいくというのだ？　皇帝が飛行許可を出すことは決してないぞ！」

フェング・ルの頭の固さに、サル・テーはわれを忘れて叫びそうになったが、なんとか自制した。

「《マーラ・ダオ》を奪います」サル・テーは説明した。「それでカルタン人たちのもとへ飛ぶのです。あなたの特別な友を連れていくためです。彼女の種族にとって、彼女はとても重要な存在ですから、彼女をとり返すためなら、きっとモトの真珠を差しだすでしょう。そして……」

「あいつを引き渡す気などない！」

「引き渡す必要もありません」サル・テーがすぐにいった。「真珠を手に入れてから、殺せばいいのです。そして、戦利品をもってカラポンに戻ってきましょう」

「そうすれば、ソイ・パング皇帝もわれわれに手出しができない」フェング・ルがようやく理解した。「わたしは復讐を果たし、皇帝は真珠を手に入れる。わたしの名誉も回復する」

「そのとおりです」

フェング・ルは、まるではじめて出会った相手であるかのように、側近をじっと見つめた。

「すばらしい計画だ」感心している。「どうやら、わたしはきみを見くびっていたようだな。この計画がうまくいけば、きみを永遠にわたしのそばに置くことにしよう。いっている意味がわかるな？」

「光栄です」サル・テーはつぶやき、こう考えた。残りの生涯をあんたのような愚か者に仕えつづける？　悪いが、フェング・ル、あんたは思いちがいをしている。だがもちろん、いまはまだ種明かしのときじゃない。まだあんたが必要だからな。生《い》け贄《にえ》として。ソイ・パング皇帝も復讐心は強いのだよ。

＊

そのころ、シサ・ヴァートとロイ・スクロムは奥の一室で声を潜めて相談していた。

「あのサル・テー、完璧なタイミングでやってきたな！」ロイ・スクロムがいった。

「われわれがずっと求めてきた安全を、もたらしてくれた。サル・テーとフェング・ルか、だれがこの二名を予想できた！」

「裏切り者になること？　フェング・ル自身は裏切ることはないでしょうね。あいつは他者からあたえられた誇りと名誉というばかげた考えに従って行動するだけだから。そして、サル・テーははじめから自分のことしか考えていない。わたしにいわせれば、サル・テーはその本質において真のカラポン人ですらないわ」

「だが、あいつのような者は意外と多いぞ」ロイ・スクロムがいった。「ふつうのカラポン人は部隊の士気などは気にしないものだ。あいつはほかの多くと同じで、平和で豊かな生活を夢みているんだよ」

「まさか、わたしたちカラポン人が優秀な民族であることを否定する気じゃないでしょうね！」シサ・ヴァートが気を悪くして問いただした。

「もちろんそうじゃない」ロイ・スクロムは即座に否定する。いまシサ・ヴァートの機嫌を損ねるわけにはいかないからだ。「どうやって地下牢に侵入する？　いますぐ解かねばならない問題はそれだ」

「それほどむずかしくはないわ」シサ・ヴァートがうめくようにいった。「もちろん、〝あんた〟にはむりだけどね」

彼女はカラポン人に特徴的な家父長制をほのめかしたのだ。カラポン人では、多くの場面で女性には発言権がほとんど、あるいはまったく認められない。代わりにいくつかの利点もあった。特に若くて美しいカラポン人女性はそうだ。

だが、シサ・ヴァートは若くも美しくもなかった。そのため、ロイ・スクロムがすこしばかにするような目で彼女を見つめた。

「そんな目で見ないでよ！」シサ・ヴァートは吼《ほ》えた。「ここにはわたしの友や親族がいることを忘れないで」

「親族たちを引き入れるつもりなのか？」ロイ・スクロムが驚いてたずねた。「そんなことをしたら、かれらにも危険がおよぶことがわかっているのか？」

「危険？　そういう見方もできるわね。近衛兵はとても人気があるの。心配しないで。第三者に危害がおよぶようなことにはならないから」

ロイ・スクロムはその言葉が真実であることを望んだ。

「グホリ＝ソシュの聖遺物の件はまずかった」ロイ・スクロムはいった。「すぐにそうわかった。もしフェング・ルとサル・テーがカルタン人たちにこの話をしたら、われわれは死んだも同然だ」

「そんなことはさせない」シサ・ヴァートが請けあった。

ロイ・スクロムはそんな彼女を驚いて見つめる。

「あんたは感傷的なおばかさんね、ロイ・スクロム」シサ・ヴァートがからかって喉を鳴らした。「でも、カルタン人なんだからどうしようもないか？」

ロイ・スクロムはなにも答えなかった。自分がシサ・ヴァートのことを本当に好きなのか、あるいはかつて本当に愛していたことがあったのか、よくわからなくなった。

もしミルヤナアルに戻ることができたら、あの聖遺物を返そう。頭のなかでそう誓った。

7

数時間後、ソイ・パング皇帝がやってきた。どうやら今回は、周到に計画した訪問のようだ。

ダオ・リン＝ヘイのあらたな房はとても快適ではあったが、食べ物や飲み物を提供する機械は置かれていなかった。おそらく、ここはあまり歓迎されていない客を宿泊させるための部屋なのだろう。それに、扉の前には近衛兵も立っていた。

したがって、カラポン皇帝にはダオ・リン＝ヘイが腹をすかせ、喉の渇きを覚える時間が計算できたにちがいない。ころあいを見はからって、皇帝は豪勢な食事を運ぶ小さなロボットを引き連れて姿をあらわした。

それを見たダオ・リン＝ヘイは、いらだたしくもあり、愉快にも感じた。カルタン人は同じようなやり方を、動物を飼いならそうとするときにもちいるのだ。

ダオ・リン＝ヘイは、皇帝がどんな展開を予想しているのだろうかと考えてみた。威《い》嚇《かく》のうなり声を上げて爪を見せる彼女を、カラポン料理でなだめるつもりだろうか？

この日のソイ・パング皇帝は、自分の文明度の高さを誇示すると心に決めたようだ。小型ロボットに先に部屋に入らせ、自分は扉の脇で立ちどまった。

「ともに食事をする許可をいただければうれしいのだが」という。「だが、もしきさまの種族に、食事中に世界に背を向ける習慣があるのなら、もちろん遠慮するがな」

〈へえ〉ダオ・リン＝ヘイはほくそ笑んだ。〈カラポンにも紳士協定のようなものがあるとでもいうのか？〉

「喜んでお供しよう」ダオ・リン＝ヘイはすぐさま受け入れた。

「よかった」ソイ・パングはそういってクッションを整え、低いテーブル脇に腰をおろした。

ロボットは配膳を終えると部屋の隅に移動し、そこで停止した。ダオ・リン＝ヘイは、このロボットにとって食べ物と飲み物を運ぶことは二次的な役割だと推測した。きっと、本当の役目としてたくさんの武器を隠しもっているにちがいない。

ソイ・パング皇帝は遠慮のかけらも見せず、食べ物に手を伸ばした。客に先を譲るカルタン人の風習から見ればぶしつけな態度だが、皇帝に悪気《わるぎ》がないことは明らかだった。いずれにせよ、その食べっぷりを見ていると、料理に毒が盛られていないことは確かだと思えた。そして、ダオ・リン＝ヘイも実際にかなり空腹だった。皇帝を観察しながら、かれが実際に口にした料理だけを手にとった。

ソイ・パング皇帝は早食いで、ひとことも話さなかった。満腹になると食べるのをやめ、ダオ・リン＝ヘイが食事を終えるのをただじっと待つ。

「わたしが思うに、きさまはわたしとわたしの権力を適切に評価していないようだ」ソイ・パング皇帝がようやく口を開いた。「きさまはこれまで、とてもタフであることを証明してきたが、その点にあまり自信をもちすぎるのもよくない。相手がだれであろうと、口を割らせる手段や方法はいくらでもあるのだよ。たとえ、相手がきさまであっても」

「いいえ」ダオ・リン＝ヘイが冷静にいった。「わたしには通用しない」

「その逆を証明することはできるが、正直やりたくないのだよ。わたしはそんなことを楽しめる性格ではないからな」

「わたしにそんなことをするのは時間のむだだ。でも、それを証明するのはごめんこうむりたい。証明できたときには、わたしは死んでいるわけだから。わたしは死ぬ、ソイ・パング。だれにもそれをとめることはできない」

皇帝はダオ・リン＝ヘイを見つめながら、しばらく考えこんだ。

「すでにいったように、わたしもそんなことは試したくない」沈黙のすえ、ソイ・パングがいった。「だが、きさまの仲間たちにはきさまほどの覚悟がないことを、わたしは知っている」

一瞬、ダオ・リン＝ヘイは皇帝がもうすでにそれを試してみたのではないかと思い、恐怖した。だが、そうではないとわかり、すぐに安堵した。皇帝はアルドゥスタアルから受けとった報告だけを頼りにしていたのだ。

「したがって、きさまの部下を殺すことにする」ソイ・パング皇帝はつづけた。「一名ずつ、もっとも役職の低い者からはじめて、順番に。最後がゲ・リアング＝プオだ。まあ、それまではかなりの時間がかかるだろうが。なにしろ、だれもがゆっくりと死んでいくのだから。きさまにもその場に立ち会ってもらう。かれらを救うことはできないがな。毎日、毎日、朝も昼も夜も。必要なら、何年もかけて」

ダオ・リン＝ヘイは凍りついた。皇帝が本気なのはすぐにわかった。

文明度の高さ？　カラポンの紳士協定？

そんなものは存在しなかった。目の前にすわっているのはただの獣《けもの》だ。

ソイ・パング皇帝は小さな黒い果実の房を手にとり、それらをひとつひとつつまみとった。そしてカルタン人捕虜をじっと見つめる。とても満足げだ。当然だろう。今日の〝この〟演出には、ダオ・リン＝ヘイでさえ驚いてしまった。いや、驚いたどころではない。

「さて、きさまはどうする？」長い沈黙のあと、皇帝がたずねた。

「知っていることをすべて話そう」ダオ・リン＝ヘイは小声で答えた。「でも、それでもあなたは満足しないだろうがな」

「満足するかどうかを決めるのはわたしだ」そういうソイ・パング皇帝の声はとても友好的に聞こえた。そのやさしさの裏になにが潜んでいるのかを考えると、ダオ・リン＝ヘイの背筋は冷たくなった。

「わたしの仲間になにをするつもりだ？」ダオ・リン＝ヘイはたずねた。

「きさまがわたしを満足させたら、みんな平穏で快適な生活を送ることができる。わたしがカルタンを征服するまではな。その後、かれらを故郷に送り返すと約束しよう」

だが、ダオ・リン＝ヘイには、とてもではないが、そうなるとは思えなかった。彼女がソイ・パングに伝えられることなど、ほとんどなにもなかったからだ。

「なにからはじめればいい？」ダオ・リン＝ヘイはたずねた。

「あの巨大船」

「《ナルガ・サント》のことか？」

「ああ」

「わかった」ダオ・リン＝ヘイは話した。「もう何万年も昔、わたしたちの祖先が、まだタルカン宇宙にあったころのここ、ハンガイ銀河で巨大な宇宙船がつくられた。その船の名が〝故郷のかけら〟こと《ナルガ・サント》。《ナルガ・サント》はミーコラへ向かった。別の宇宙ミーコラにハンガイ銀河を遷移させる準備を進めるためだ。《ナルガ・サント》の乗員は、自分たちに向けられていた大きな期待を背負って、できるかぎりのことをしたが、その時代の祖先たちはそのような宇宙の壁を越える旅に伴う副作用については、まったく無知だった。結局、その副作用によってすこしずつ退化していった乗員は船を置き去りにし、《ナルガ・サント》の使命に関する知識も失われてしまった」

ダオ・リン＝ヘイの語る《ナルガ・サント》の物語はとても大ざっぱで、その程度ならドラクウンも知っていたし、ドラクウンを通じてカラポン皇帝もすでに知っていた。ダオ・リン＝ヘイはそのことを察知した。ソイ・パングはじっと黙ったまま、ダオ・リン＝ヘイが自分の知らないあらたな情報を話すのを待った。

「何万年もたってから、わたしたちカルタン人は《ナルガ・サント》を見つけた。船内にはだれもいなかったけれど、まだ無傷だった。ヴォイカがそこからカルタン種族を支配するようになった。ヴォイカがいなくなって、《ナルガ・サント》は交友関係にあって、大きな危機に直面している種族を支援するために使われることになった。そして、その目的のためにサヤアロンへと旅立った」

その名を聞いた瞬間にソイ・パング皇帝が一瞬たじろいだ事実を、ダオ・リン＝ヘイは見逃さず、心のなかでほくそ笑んだ。もちろんカラポン皇帝も、天の川銀河にまつわる恐怖の物語を知っているのである。

「どうやら、なにも知らない乗員のせいで窮地から窮地へと送られるのが、《ナルガ・サント》の不思議な宿命のようだ」ダオ・リン＝ヘイはいった。「当時の記録は不完全だったが、《ナルガ・サント》の司令官たちには、通常のルートを使ってサヤアロンに到着することができなかったらしい。そこで迂回路として、ブラックホールを経由する方法を思いついた」

ダオ・リン＝ヘイは、ソイ・パング皇帝がなにか質問しようとしていることに気づき、先手を打つかのようにこう説明した。

「わたしにできるのは、《ナルガ・サント》の残っていた記録から得た情報を伝えるだけ。実際になにが起こったのかは、だれにもわからない。わたしの知るかぎり、ブラックホールは食いしん坊だから、できるかぎり避けるべきだ。《ナルガ・サント》の司令官がどうしてそんなブラックホールを利用することを思いついたのか、わたしにはわからない。でもいずれにせよ、試みは成功しなかった。ブラックホールに近づいて、《ナルガ・サント》は大破した。船の大部分は消え、それ以来消息不明になった。でも、《ナルガ・サント》全体の五分の一程度の小さな破片はその後も宇宙空間を漂いつづけた。アルドゥスタアルとサヤアロンのあいだで」

ダオ・リン＝ヘイはその残骸をはじめて見たときのことを思い出した。その記憶は、呼び起こすたびに心が痛む。

「理由は不明だが」ダオ・リン＝ヘイは静かにつづけた。「カルタン人の一部はその大惨事を生き残った。そして、かれらの子孫が生まれ、宇宙を漂う難破船のなかでどうにか生活をつづけていた。そうしておよそ六百年後に、かれらはようやく発見された。わたしたちは、難破船をアルドゥスタアルへ移送して、そこで遭難者の子孫たちを受け入れることに決めた。わたしたちがアルドゥスタアルに到着して、無線で援助を求めたとき、不幸なことに、それを最初に聞いたのがカラポン人の宇宙船だった。あなたの大提督フェング・ルが五隻のトリマランを引き連れてやってきて、難破船を乗っとった。かれの部下が遭難者の子孫たちに襲いかかり、貧しいかれらからなにもかも奪っていった。そのとき、不注意なカラポン人将校たちの会話から、カラポン人が〝モトの真珠〟と呼ばれるなにかを探していることを知った。その情報がわたしに伝えられたところを、フェング・ルが盗み聞きしていた。かれはその名が語られたのを聞いて、われわれがモトの真珠を隠しもっていると勘ちがいしたのだ。そしてわたしが難破船の指揮を執っていたので、フェング・ルは自分たちがモトの真珠を見つけられないのは、すべてわたしのせいだと考えた。だから、わたしにそのありかを吐かせようとした。秘密を明かさなかったら難破船の生き残りを射殺すると脅して。そして、最後にはその脅しを実行しようとした。生存者たちは応戦し、そこにカルタンの宇宙船が助けにきたのだ」

ソイ・パング皇帝はじっと黙っていた。

「で、モトの真珠は？」しばらくしてから問いかけた。

「わたしが話しても、あなたは満足できないだろうと、はじめにいったはず」ダオ・リン＝ヘイは吐き捨てるようにいった。「もし、そのありかを知っていたら、わたしがじきじきそこへいって、フェング・ルに差しだした」

「つまり、なにも知らないといまだにいい張るのだな？」

ダオ・リン＝ヘイはため息をついた。

「わたしたちのだれひとりとして、モトの真珠という名前すら聞いたことがなかった」ダオ・リン＝ヘイは辛抱強く説明する。「名前を知らないだけで、それが実際に船内にある可能性だって考えてみた。だからフェング・ルに、モトの真珠がどんなものなのか、説明させてみた。だが、フェング・ルの話を聞いてすぐに、それが船にあると考えるのはまちがいだとわかった。モトの真珠はどこにもない。どこを探せばいいのかもわからない。いまでは、わたしのほうがどこにあるのか知りたいぐらいだ」

「ドラクウンは《ナルガ・サント》にあると確信しているぞ」

「たしかに、そうみたいだな。自分でそういっていたから」

「で？」

「もしかすると、かれが正しいのかもしれない」ダオ・リン＝ヘイは慎重にいった。

「どういう意味だ？」ソイ・パングが色めき立った。

「とにかく、《ナルガ・サント》は本当に大きくて、とても古い。自分が足を踏み入れた区画のすべてを覚えている者なんていないだろうし、すべてのキャビン、通廊、シャフトを知っている生物はこの世に存在しないはず。ものを隠す場所ぐらい、いくらでもある……迷宮のどこかにモトの真珠が眠っている可能性はある。だが、もし《ナルガ・サント》の失われた側にモトの真珠があったのだとしたら？　瓦礫《がれき》ともども、ブラックホールに吸いこまれたのだとしたら、どうする？」

「残念なことだ」ソイ・パングがささやいた。

「特にわたしとわたしの仲間にとって」

ソイ・パングはダオ・リン＝ヘイに笑いかけた。

「だが、その話こそがトリックなのかもしれん」と、つぶやく。

「ドラクウンはどうしてそれが《ナルガ・サント》にあると考えるようになった？」ダオ・リン＝ヘイが問いかけた。「なにかヒントがあったのか？　かれの話しぶりからは、かれの《ナルガ・サント》に関する知識はとても偏っているといえる。それなのに、モトの真珠が《ナルガ・サント》と関係していると執拗に考える根拠は？」

ソイ・パング皇帝は黙りこんだ。

「話したくないようだな」ダオ・リン＝ヘイがいった。「それでは、わたしがもうすこし事態をはっきりと理解するために、こちらの質問には答えてほしい。フェング・ルが

《ナルガ・サント》でモトの真珠を探していたとき、わたしはそれが、あなたたちがもっていなくて、絶対に欲しいものだと思っていた。でも、あとになって、そうではないことがわかった。あなたはすでに真珠をもっている。それなのに、なぜ探している?」

「その理由はきさまも知っているはずだ」ソイ・パングが感情を動かさずに答えた。「わたしの知るかぎり、フェング・ルがきさまにその話をしたはずだし、もししていないとしても、きさまはすでに察知しているだろう。モトの真珠は割れたのだよ。わたしがもっているのは一部だけだ。かけらがいくつあるのかはわからないが、そのどれもはかりしれない価値をもつ」

「なぜ?」ダオ・リン＝ヘイが問い返した。「モトの真珠の価値とはなんなのだ?」

そう問いながら、ダオ・リン＝ヘイは当然ながら、イホ・トロトから伝え聞いた、膨大な量のデータを記憶できる〝ミモトの宝石〟を想像していた。モトとミモト、真珠と宝石と、呼び名が似ていたため、ダオ・リン＝ヘイははじめから、モトの真珠はミモトの宝石と同じものだと推測していた。同じものだと思っていたからこそ、危険を承知でここまでの道をたどってきたのである。

しかし、この点で、確証はまだ得られていなかった。

ソイ・パング皇帝も答えを避けた。ダオ・リン＝ヘイはがっかりした。

「いつかそのうち、教えてやってもいいかもしれぬ。場合によっては、見せてやることもできるだろう」皇帝はいった。「だがそのためには、きさまが嘘をついていないことに、わたしが納得する必要がある」

ダオ・リン＝ヘイはどうすればソイ・パングを納得させられるか、考えた。

ミモトの宝石のことを話すべきだろうか？　そこまで協力的な態度を示せば、かれから信用を得られるかもしれない。しかし、その逆も考えられる。モトの真珠を手に入れることにあまりに執着しているため、ソイ・パングがなにをしでかすか、わかったものではない。サヤアロンへ直接、もしくはその周辺に艦隊を送りこむかもしれない。

ダオ・リン＝ヘイはいまだに自分をカルタン人とみなしている。カルタン人を破滅から守るためなら、ほかに方法がないときはギャラクティカーの潜伏場所を明かすだろう。だが、いまはまだそこまで追いこまれていない。だから、ミモトの宝石のことは伏せておくことにした。

「すべて正直に話した」皇帝にいった。

ソイ・パング皇帝はなにかを考えながら、長い時間ダオ・リン＝ヘイを見つめた。

「信じよう」動じずに答えた。「だが、信じるだけではたりない。証明が必要だ」

そういってカラポン皇帝は立ち上がり、部屋を出ていった。ロボットがそのあとを追った。

＊

それからの数時間は、いつになく長く感じられた。ゲ・リアング＝プオとのつながりは保たれていたが、カラポン皇帝がダオ・リン＝ヘイの部屋を出てすぐ、ゲ・リアング＝プオは皇帝のインパルスを見失った。房の警護にあたる近衛兵もソイ・パングの計画を知らなかったため、ゲ・リアング＝プオとダオ・リン＝ヘイはかれがどうやって証明を得るつもりなのか、まったく想像がつかなかった。

不安なときが過ぎていった。恐怖の時間でもあった。両者にとって、不安と恐怖にさいなまれていることを隠す理由などなかった。

宮殿の広い地下に収容された囚人のほとんどに、手厚い待遇があたえられなかったことは、明らかだった。皇帝の脅迫は決して口先だけではない。ここでは、為政者によって恥ずべき行為がなされてきた。そして、そのすべてが、皇帝の意志もしくは承認のもとに、行なわれてきたのである。そしてそのことに、かれの良心はみじんの痛みも感じていない。

かれの支配力には制限がなかった。カラポン星間帝国では、皇帝の意志が法なのだ。かれが生と死を支配した。

テレパスである両者にとって、カラポン皇帝がダオ・リン＝ヘイに対してある種の共感を覚えていることは明白だったが、それが捕虜に対して手心を加える理由になるとは思えなかった。だが、ひとまずはダオ・リン＝ヘイを殺すことはしないだろう。それは確かだと思えたが、それがなにかの役にたつわけではない。いつかれの気が変わるかわからない。そのときは、ダオ・リン＝ヘイがミモトの宝石の存在について黙っていたことを皇帝が知った瞬間に訪れるかもしれない。

単純に暴力をもちいるにしても、あるいはもっと複雑な方法を使うにせよ、ソイ・パング皇帝がどこかでミモトの宝石の情報を手に入れる可能性は実際に存在した。その情報のほうがかれのもとに舞いこんでくる可能性もあった。

シサ・ヴァートとロイ・スクロムが外で活動をつづけていたからだ。ベントゥ・カラパウと《マーラ・ダオ》で、両者はダオ・リン＝ヘイから距離を置き、カラポン人との距離を縮めた。だが、どちらの情報提供者もカルタン人との関係を断つつもりはなく、機会があれば援助するといっていた。

だが、かれらのことをどこまで信頼できるのだろうか？

すくなくとも、カラポン人として生まれ育ったシサ・ヴァートは、ベントゥ・カラパウでかなり疑わしい態度を示した。カルタン艦隊があらわれたとき、ダオ・リン＝ヘイはあやうくシサ・ヴァートに殺されそうになった。

そのときのようすを思い出すと、ダオ・リン＝ヘイにはいまだに冷たい怒りがこみあげてくる。

フィオ・ゲール＝ショウにはなぜあんなまねができたのだろう？

ダオ・リン＝ヘイは艦隊の介入をはっきりと禁じ、すくなくとも《マーラ・ダオ》がまだベントゥ・カラパウに停船していて、その乗員がカラポン人の手の内にあるかぎりは、フィオ・ゲール＝ショウもその命令に従うと確信していた。その状況下における攻撃は、殺害に等しい。

だが、ダオ・リン＝ヘイは自分自身にも同じように腹を立てていた。

シサ・ヴァートとロイ・スクロムにミモトの宝石の話をしたのは、ダオ・リン＝ヘイ自身だ。もちろん、そうする理由はあった。情報提供者ふたりの協力を仰ぐためだ。

そしていま、その両者がミモトの宝石の知識を胸に秘めてカラポンにいる。その気になればいつでもソイ・パング皇帝にこの情報を売ることができる。そうなってしまえば、《マーラ・ダオ》に乗っていたすべてのカルタン人の生活はきわめて不快なものになるだろう。

数時間後、一体のロボットがあらわれて、ダオ・リン＝ヘイに水と肉と果実を届けた。ゲ・リアング＝プオはいまだに味気ない栄養粥で満足しなければならなかったが、すくなくとも数時間おきに自動的に供給された。

丸いグリーンの果実の下に、ダオ・リン＝ヘイは紙切れを見つけた。そこにはこう書かれていた……〝状況は厳しい。みずからさらなる情報を提供すれば、事態が好転するかもしれない〟。

その文面からは、だれがそのメッセージを書いたのかはわからなかったが、ダオ・リン＝ヘイはソイ・パング皇帝みずからが書いたか、だれかに書かせたのだろうと推測した。そうやって、情報を引きだすつもりなのだ。だが、そう確信することもできなかった。

潜在的な内通者が存在することも、自分がなにかを隠していることも、どちらも知られるわけにはいかない。もし、この奇妙なメッセージに反応したら、まさにこのふたつを知られてしまうことになる。ソイ・パングがなんらかの方法で自分を監視し、反応をうかがっていると、ダオ・リン＝ヘイは確信していた。だからそのメモには一瞥をくれただけで、すぐにできるだけ自然なしぐさでコンビネーションのポケットに隠した。

しばらくして、扉が開いた。衛兵があたりを見まわす。

「ついてこい！」と、命令した。

歩きながら、ダオ・リン＝ヘイはゲ・リアング＝プオとのつながりがまた弱くなったことに気づいた。距離が原因ではない。この宮殿といえども、そこまで広いわけではないだろう。

道はのぼり坂になっていて、豪華な複数の部屋で構成される宿泊施設に通じていた。

衛兵が扉の前で警備態勢に入った。

ダオ・リン＝ヘイはなかに入り、閉じた扉にもたれかかって、意識を集中させながら目を閉じた。

大丈夫、問題ない。自分にいい聞かせる。いまのところ、かれはまだなにも見つけていない。

とても弱かったが、ゲ・リアング＝プオが同意するインパルスを捕捉できた。だが、いまの状況では本当の意味での意思の疎通は不可能だった。しかし今回も、時間がたつにつれてつながりが回復すると予想できた。くわしいことはわからないが、妨害要因は静的なものであると考えられた。それをどの程度まで克服できるかは、慣れと精神力の安定度合いで決まるはずだ。

もちろん、これまでよりも豪華な部屋へ移動させられたからといって、危険が以前よりも小さくなったとはかぎらない。なにかの罠かもしれないし、これが終わりのはじまりを意味しているのかもしれない。極刑判決を受けた者に、刑の執行前にすこしだけ快適な時間をあたえるという行為は、多くの種族で慣例となっている。

ダオ・リン＝ヘイは地下で傍受したインパルスのことを思い出したが、すぐにその考えを押しのけた。

カラポン皇帝の地下牢では、死ぬことさえままならないのだ。

8

ダオ・リン＝ヘイの我慢が限界に達しそうになっていたころ、ソイ・パング皇帝がやってきた。今回はロボットのお供はなく、近衛兵も部屋の外にとどまった。

「証明できたか?」許可なしにカラポン皇帝に話しかけてはならないというタブーを犯して、ダオ・リン＝ヘイがたずねた。

だが、ソイ・パングは気にしていないようだ。ダオ・リン＝ヘイの横柄な態度に、興味をかき立てられているのかもしれない。

「この部屋は快適だ。きっと気にいっただろう」ダオ・リン＝ヘイの問いには答えずに、皇帝がいった。その態度を、かれが彼女を追い詰められるような手がかりをひとつも見つけられなかった証拠と、ダオ・リン＝ヘイはみなした。

どうやら、シサ・ヴァートとロイ・スクロムはいまのところはまだ口を閉ざしているようだ。

「問題ない」ダオ・リン＝ヘイは曖昧《あいまい》な答えを返す。どれほど豪華でも監獄での暮らしを快適に感じることはない、と付け加えるのはやめた。

「そのときがきたら、モトの真珠の価値を教えてやると約束した」ソイ・パングは話しはじめた。「だが、ここでは、この部屋ではむりだ。宮殿内の別の場所へいく必要がある。きさまがいうことを聞き、逃げようとしないと約束するのなら、わたしのいる場所では自由に動くことを認めてやる」

ソイ・パングは、ダオ・リン＝ヘイが逃亡よりも厄介な問題を起こそうとするとはまったく考えていないようだ。たとえば、人質をとって立てこもるとか。

「約束する」ダオ・リン＝ヘイはいった。

その言葉をまるで当然であるかのように受けとめたソイ・パング皇帝に従って、ダオ・リン＝ヘイは豪華に飾りつけられた通廊を伝って、一連の壮麗な部屋が並ぶ区画に入った。目の前に刺繡が施された重そうな緞帳《どんちょう》が開いていた。途中、ダオ・リン＝ヘイは王の間もちらと見ることができた。その部屋は、想像する王の間のとおりの豪華さだった。そのため彼女は、最初に見た殺風景な明るい事務室のような部屋よりも、こちらのほうがじつは皇帝の趣味に合っているのか、それとも、臣下の期待に応えるためだけにそのような調度にしているのか、疑問に思わざるをえなかった。

だが両者はどこにも入らず、通廊の終わりにある大きくて明るい部屋に出た。そこをさらに進めば公園に出る。その空間は皇帝の個人的な書斎だと考えられた。おびただしい数の書物、データ記憶装置、機械、鉱石のサンプル、動物の剝製、武器など、いくたの惑星から集められたと考えられる物品であふれかえっている。たくさんのテーブルの上には、さまざまな場所の星図や地図が広げられていた。窓の前には、見たこともない植物が生えた壺や皿が並んでいる。二十ほどのスクリーンがところ狭しと並べられ、グラフや顕微鏡画像、星座などをうつしだしていた。

この混乱のなかで個人的な研究をしているのが本当にソイ・パングなら、かれにはかなりの知性と集中力が備わっていると考えざるをえない。でなければ、頭がこんがらがってしまうだろう。

そして実際、皇帝には知性と集中力が備わっていた。この部屋でかれがくつろぎを覚えることが、ひと目見るだけであらゆる物品や画像を一瞬のうちに頭のなかで整理できることが、ダオ・リン＝ヘイにもすぐにわかった。

皇帝とダオ・リン＝ヘイにここまで随伴していた近衛兵は部屋には入ってこなかった。

ソイ・パングが扉を閉じた。

「ごらんのように、ここはカラポンの宝物庫ではない」皇帝はすこしの自虐をこめていった。「もちろん、きさまを宝物庫に近寄らせるつもりもない」

「わたしがなにか盗むとでも思っているのかな？」

ソイ・パング皇帝はダオ・リン＝ヘイをじっと見つめた。

「きさまならやりかねんな」と、つぶやく。「ここでは、なんだって好きなものを見てかまわない。だが、手は触れるな。ここにあるもののいくつかは、非常に敵対的な惑星からもってきたものだ。触れるだけで大けがをすることもあるぞ」

ダオ・リン＝ヘイはカラポン皇帝から目を離さないように努力した。かれは食肉植物に小さな肉片をあたえている。その植物は数センチメートルの大きさしかないが、食欲は旺盛なようだ。小さくて硬い葉のすべてに透明の泡があってそのまわりを赤い触手がとり囲んでいる。その触手が肉片をつかみ、葉の小さな胃に押しこんだ。

皇帝はその植物が気にいっているようで、とても熱心に世話をした。植物が満腹になったのを確認してからようやく、コンピュータ端末に目を向ける。

「モトの真珠は」話しはじめた。「安全な場所にある。盗もうなどとは考えぬことだ。時間のむだだからな。だれも触れられない。だが、真珠とつながることはできる。接続する方法を知っているのは、ごくわずかなカラポン人だけだ。そのさいミスを犯した者は、自動的に不法侵入者とみなされ、その場で麻痺させられる。そして警報が鳴る。わたしが許可していない機械からモトの真珠に接続しようとした者にも同じことが起こる」

そう話しながら、ソイ・パングはダオ・リン＝ヘイに背中を向けた。そのため、ダオ・リン＝ヘイにはモトの真珠に〝接続〟するのにどんな操作が必要なのかはわからなかったが、どうやら全神経を集中させなければならないほど複雑なプロセスのようだ。その隙を突いてソイ・パングに飛びかかり、かれを楯にして逃亡を図ろうかとも考えたが、思いとどまった。

ソイ・パング自身についても、モトの真珠あるいはこの宮殿内の力関係についても、まだわからないことが多すぎる。いまは観察に徹しながら、好機を待ったほうがいい。

「さあ、はじまるぞ」ソイ・パングはそういうと、快適そうな肘かけ椅子に腰をおろした。ダオ・リン＝ヘイはその横にすわり、意識を集中した。

大きくて暗い映像があらわれた。漆黒の宇宙空間だ。背景で小さな光の染みがいくつかぼんやりと浮かび上がっている。はるかかなたに存在する銀河だろう。その光景には、ダオ・リン＝ヘイも見覚えがあった。

ゆっくりと、そして威風堂々と、ある物体が映像に入りこんできた。ただし、物体自体が飛行しているのか、それとも撮影視点の移動によりその物体が移動している印象が生じているだけなのかは、定かではなかった。

はじめのうち、その飛行物体はほんの一部しか見えておらず詳細はわからなかったが、その時点ですでに、ダオ・リン＝ヘイには、自分はそれを知っているはずだという気がしてならなかった。

その映像にはどこか見覚えがあり、なぜか胸騒ぎがする。いらだちを覚える。それどころか、数秒が過ぎても映像と記憶を結びつけられない自分のふがいなさに怒りさえ感じた。しかし、その映像が自分のなかに激しい反応を引き起こしたことをソイ・パングに悟られないようにするために、平静を装う必要があった。

その飛行物体は、つねに一部しか見えなかった。つまり、かなりの大きさだということだ。すると、ひとつの開口部があらわれ、格納庫が見えた。その瞬間、ダオ・リン＝ヘイはついに理解した。

《バジス》の格納庫だったのだ。

衝撃を受けたダオ・リン＝ヘイにはしかし、それがなにを意味しているのか、あらゆる可能性を考察する時間は残されていなかった。映像はつづいていて、一秒たりとも見逃すことはできない。それを見る機会がもう一度得られるとは思えなかった。

格納庫の全体がうつしだされた。いま着艦したばかりの小型宇宙船が見える。そのエアロックが開くと、何者かが降りてきた。それは一名のスプリンガーだった。だが、ソイ・パングがそのことを知っているとは思えない。しかし、ダオ・リン＝ヘイはそのスプリンガーを知っていた。彼女自身の個人的な感覚では近い過去に、数字であらわせばテラ時間にしておよそ七百年前に、自分の目で見たことがあるからだ。

それはアンソン・アーガイリスだった。正確には、お気にいりの惑星オリンプの皇帝のマスクをつけたヴァリオ＝５００だ。

ロボットは小型宇宙船を離れ、左右に目をくれることもなく格納庫を横断する。だれもロボットをとめようとしない。それどころか、《バジス》で暮らし、働いているはずの数万のギャラクティカーの姿は、どこにも見あたらなかった。

ロボットがやってきたことに気づいていないのだろうか？　それとも、すでにどこかへ飛んでいったのか？　《バジス》を放棄したのか？

「ここからだ！」ソイ・パングがささやいた。

不思議なことに、かれはこの映像を何度も見ているはずなのに、いまだに目が離せないようだ。

アンソン・アーガイリスは長い時間移動した。《バジス》船内にはさまざまな移動手段があり、しかも数多くの船内用転送機もあることを、ダオ・リン＝ヘイは知っている。それに、ヴァリオ＝500は自力でもかなりの速度で移動できるはずだ。それなのに、かれはそうした手段をいっさい使わずに、歩いて移動した。人気《ひとけ》のない格納庫からめざす部屋までの長い距離を、ずっと歩きとおした。

ソイ・パング皇帝がこの映像に魅入られている理由が、ダオ・リン＝ヘイにもある程度まではわかる気がした。

ヴァリオ＝500が移動した道は終わりがないと思えるほど長かった。数えきれないほどの格納庫、通廊、ホール、機械室を通り、斜路やシャフトをのぼりおりしているようすを見ているだけで、《バジス》の巨大さが想像できる。

「きさまは《ナルガ・サント》をとても大きな船だといった」ソイ・パングがささやいた。「きさまがいま見ているこの船よりも大きいのか?」

ダオ・リン＝ヘイは、フェング・ルが皇帝に、発見した《ナルガ・サント》の残骸の計測値を伝えているはずだと考え、真実を答えようとした。《バジス》は巨大な船ではあるが、《ナルガ・サント》の大きさにはとうていおよばない、と。だがその瞬間、彼女自身、正確なことはなにも知らないと気づいた。いま見ている映像には、アンソン・アーガイリスがいる船の長さの、幅の、高さの正確な数字を示すヒントはひとつもなかった。すくなくとも、これまで見た範囲からは、実際の大きさはわからない。

知らないこと、わからないことは、ほかにもある。たとえば、みじめな状態の《バジス》に比べれば、《ナルガ・サント》のちっぽけな残骸のほうが、まだ征服や強奪をする価値があると思える点だ。

そうした事実を考え、ダオ・リン＝ヘイは皇帝にたいして驚いているふりをした。そうするのは特にむずかしくはなかった。なぜなら本当に驚いていたからだ。しかも、このうえなく驚いていた。

「いいえ」ダオ・リン＝ヘイはいった。その声には動揺がはっきりとあらわれていた。

「いいえ、そうは思えない」

その答えにソイ・パングは満足した。

「最後まで見よ！」皇帝は命じた。

ダオ・リン＝ヘイもそのつもりだった。

彼女には信じられないことに、アンソン・アーガイリスはその後もだれにも遭遇しなかった。そして、全体を通じて、すべてがあまりにスムーズに思えた。空間になにかが欠けているとか、そういうことではないのだが……説明しがたい〝平坦さ〟が感じられた。

ダオ・リン＝ヘイは、慣れ親しんでいたとまではいえないとしても、それでも《バジス》のことはよく知っていた。その知識から、すくなくとも、この映像が実際に《バジス》の内部を示していることはまちがいないと確信していた。しかし、それでもなにかがおかしかった。

もっとも気になったのは活気のなさだ。ヴァリオ＝500がだれにも遭遇しなかったということだけが、そう感じる理由ではない。《バジス》は本当に大きかったので、ほかの乗員に会いたくないときに便利な、ほとんど使われることのない裏道はいくらでも存在した。自身に備わる多機能な探知機構を使えば、ヴァリオ＝500ならだれもいない通廊を選んで移動することぐらい、たやすいはずだ。しかし、目の前の映像にうつしだされた数多くの空間からは、そもそもそこにだれひとりとして存在していないかのような印象を受けた。

あまりに単調で、清潔で、整っている。ダオ・リン＝ヘイは考えた。

そしてようやくアンソン・アーガイリスは目的の場所にたどり着いた。ハミラー・チューブだ。かれがシルバーグレイの壁の前で立ちどまったとき、この映像に視覚的な録画だけでなく、音響情報も含まれていることが明らかになった。

「わたしはネーサンの任を受けてここへやってきた」ヴァリオ＝500がインターコスモでいった。「命令を伝える。ただちに《バジス》を解体せよ！」

録音の質が悪いのか、あるいは再生機械の性能が低いのか、ダオ・リン＝ヘイにはその声がロボットの声ではなかったような気がした。アンソン・アーガイリスの声だったが、同時にまた、アンソン・アーガイリスの声でもなかった。

さあ、ハミラー・チューブはどう反応するのか……

ダオ・リン＝ヘイは無意識のうちに、かつてあるテラナーから聞いたテラ流の表現を思い出した。〝蛇ににらまれた蛙〟

ハミラー・チューブはまったく反論しなかったのだ！

ダオ・リン＝ヘイがこれまで出会ってきたなかでもっとも口答えが多く、議論好きだった人工脳は、なにもいいかえさず、なにも問わず、まったく反応しなかった。とんでもなく大きな要求を、無言のまま命令として受け入れた。

「ネーサンから必要なデータを預かってきた」ハミラー・チューブの信じがたい従順さに驚きもせず、アンソン・アーガイリスがつづけた。「いまそのデータを転送する」

人工脳はいまだにひとことも発しない。ハミラーが沈黙をつづけるなか、だれもその部屋に入ってこなかった。この時点では《バジス》はまだ乗員から放棄されていなかったはずなのに、いまだにギャラクティカーの姿は見えない。

ハミラーが、ネーサンが自分より優位であることを認め、その命令を黙って受け入れるまでは、まだ説明がつくかもしれないし、むずかしいが理解も可能だろう。だが、そのような緊急時において、ハミラーが《バジス》の乗員になにも伝えないのは、どう考えても異状だった。

アンソン・アーガイリスに説明を求めにくる者がいないのは、なぜだ？　いつもハミラーのそばにいた技術者や学者たちはどこにいる？　なにもない宇宙空間にいて、まずまちがいなく警戒態勢にあったはずの《バジス》が、アンソン・アーガイリスの侵入に気づかないなどといったことがあるだろうか？　もっと小さな宇宙船でも、だれかに見つかったはずだ。

データの転送は短時間で音もなく終わった。そしてようやく、ハミラー・チューブが言葉を発した。

「ネーサンの命令を受けとりました。実行いたします」それが答えだった。「必要なデータをもたらしたきみには感謝しています」

〝きみ！〟

その瞬間、ダオ・リン＝ヘイはその映像におかしな点があることを確信した。たとえたった一コマでも本物の映像が交ざっているとしても、今後は疑ってかかることにした。ハミラー・チューブは相手のことをかならず〝あなた〟と呼ぶ。例外はない。ソイ・パングはもちろんそうした事実を知らないため、自分が見ているものを本物とみなしていた。

シーンが切り替わった。映像が一瞬真っ暗になり、ふたたび光がともったときには、観察者はすでに《バジス》を離れていた。巨大な宇宙船の全体が映像に収まるほど遠くへ。すると《バジス》が膨《ふく》らんだかのように見えた。もちろん目の錯覚だ。実際には巨大船の各パーツが分離し、たがいから遠ざかったのである。数秒後、数百年ののちに見つかった《バジス》の瓦礫領域ができあがっていた。

「さて」映像が消えるのを見届けてからソイ・パングがいった。「この船についてどう思う？」

ダオ・リン＝ヘイは、いまこそいつにも増して使う言葉に気をつけなければならないと思った。

「その船、まだ完全だったころは、かなり重要な存在だったにちがいない」ダオ・リン

＝ヘイは言葉を選びながら切りだした。

「重要だっただけか?」ソイ・パングが勝ち誇ったような笑みを浮かべてたずねた。

「われわれの知るこの宇宙領域に存在した勢力でこの船に対抗できる者などいなかった」

「そう結論づけるのは早計だと思わないのか?」ダオ・リン＝ヘイが慎重に問い返した。

「なぜなら、この船は破壊さ……」

「そうではない」皇帝がさえぎった。「破壊されたのではない。解体されたのだ。われわれはその部分を見つけた。どれも無傷だ」

「それでは、それほど奇跡的な船を、差し迫った理由もないのに解体したのはなぜ?」

「簡単な話だ。この船はある種族に属していた。そしてその種族は破滅する運命にあった。きさまも見ただろう。船はすでにもぬけのからだった。だがおそらく、この種族はいつかそのうち復興する日がくるのを夢みていた。だからほかの何者かの手に渡らぬようにするために、あの巨大な宇宙船を解体したのだ」

この映像しか知らないソイ・パングが、《バジス》の乗員は船の解体〝まえ〟にそこを去っていたと考えるのは、当然のことだろう。

かれが見たのは命のない船、〝超巨大な〟船だ。カラポン人が目にしたことのあるどの船よりも大きい。その船は、ふたたびつなぎ合わせるだけで復活し、強大な力を誇示する。おそらく、ここハンガイだけでなく、あちらのアルドゥスタアルでもだれも抵抗できないほどの力を。

だからフェング・ルは、《ナルガ・サント》を制圧しようとしたとき、何度もくりかえし〝大きな〟船のことを考えたのだろう。

「これを組み立てるつもりなのか！」ダオ・リン＝ヘイがいった。

「つもりではない、絶対にやる」

ダオ・リン＝ヘイは黙りこんだ。そのような試みにはかならず数多くの困難が伴うことを知っている彼女には、ソイ・パング皇帝が示す自信満々な態度が場違い、すくなくともあまりに時期尚早《しょうそう》のものだと思えた。かれのようすから、この偉業がまだ成し遂げられていないことは確かだ。だが、カラポン人が《バジス》を自分のものにしようとしているという情報だけでも、きわめて重要だ。カラポン人にそれができるかできないかは別として、その試みが《バジス》の残骸に小さからぬ損害をあたえかねない。

また、ダオ・リン＝ヘイは解体された《バジス》を監視するために瓦礫フィールドに居残っている《モノセロス》のことも考えざるをえなかった。

たった一隻の船で、好戦的なカラポン人の艦隊に太刀打ちできるだろうか？

不吉な予感を、ダオ・リン＝ヘイは頭から振りはらった。

「つまり、モトの真珠はデータ記憶装置なのか」ダオ・リン＝ヘイはソイ・パングに問いかけた。「ほかにも重要な情報が保存されているのか？」

だが、カラポン皇帝はその問いに答えるつもりはないようだ。

「今日はこれで充分だ」鋭く応じた。「近衛兵がきさまを部屋へ連れていく。次回は別の記録を見せてやろう。次回があれば、の話だがな」

＊

ダオ・リン＝ヘイは指示に従い、近衛兵にせかされるように部屋に戻って、無抵抗なままふたたび閉じこめられた。あまりに深く考えにふけっていたので、抵抗や逃亡などといった危険を冒すことは思いつきもしなかった。

そして、モトの真珠なしでこの宮殿を去ることはない、と心に決めた。そのさい、ヴァリオ＝500がハミラー・チューブに命令したのが真実かどうかは、どうでもよかった。モトの真珠の正体はまだわからない。だが、カラポン人の手にゆだねていいものではないことは確かだ。

背後で扉に鍵がかけられたのを聞いて、ダオ・リン＝ヘイは横になり、目を閉じた。ソイ・パングはきっと、将来自分が手に入れる権力を示したことで、彼女が打ちひしがれ、絶望していると思っているのだろう。なら、そう思わせておけばいい。いま重要なのは、自分の考えを整理することだ。

なによりもまず、カラポン人たちがモトの真珠と《ナルガ・サント》を結びつけて考える理由がいまだにわからない点は見落としてはならない。《ナルガ・サント》とさっき見せられた驚きの記録とのあいだに見つかる唯一の共通点は、《ナルガ・サント》も《バジス》も非常に大きいという点だ。だが、それだけでモトの真珠と《ナルガ・サント》を結びつけるのは、あまりに根拠が弱いことに、カラポン人も気づくはずだ。

さっきの映像はなんだったのだろうか？　モトの真珠とはなんなのか？

いまのところ、確かなことがひとつある。モトの真珠はミモトの宝石と同一ではない。ミモトの宝石は巨大なカタストロフィの前にイホ・トロトが入手していたからだ。そのため、ミモトの宝石に《バジス》の解体に関するデータが入っているはずがない。もちろん、のちにそうしたデータがミモトの宝石に保存された可能性も理屈としては考えられるが、その可能性は低いといえる理由はすぐにいくつも見つかった。そのひとつは、イホ・トロトがミモトの宝石を置き去りにした場所だ。カラポン人は有能な種族であるが、かれらがブラックホールのなかにまで活動を広げるとは、とてもではないが想像できなかった。

だが、モトの真珠がミモトの宝石ではないのなら……いったいなんなのだろうか？

ダオ・リン＝ヘイは一瞬、カラポン皇帝が自分をだまそうとして悪巧みを仕掛けてきたのではないかと疑った。だが、悪ふざけや詐欺だとは思えなかった。なぜなら、ダオ

・リン＝ヘイは解体前の《バジス》を知っているし、アンソン・アーガイリスを見たこともある。つまり、あの記録が、カラポン人の創作したシミュレーションだとは考えられない。確率はかなり低いが、百歩譲ってかれらが入手したパーツから《バジス》の全体像を計算できたと想定できるかもしれないが、ヴァリオ＝500とそのスプリンガーの変装のことまで、カラポン人が知っているはずはないのである。

次の可能性として、すべてが誤解だという線も考えられる。

モトの真珠に関しては、ダオ・リン＝ヘイはこれまで、フェング・ルからの情報をもとにしていた。だが、わざとか、あるいは純粋な無知からか、かれの説明がまちがっていたとしたらどうだろう。もしかすると、フェング・ルはモトの真珠を見たことがないのかもしれないし、別のなにかを見て、それをモトの真珠だと〝思いこんでいる〟可能性もある。カラポン皇帝が自分の目玉のように大切に保管している本物のモトの真珠は、実際には単純に《バジス》のデータ記憶装置なのかもしれない。

《バジス》が解体されなければならなかった〝理由〟はだれも知らないし、ダオ・リン＝ヘイが自分の目で見た映像も、真の背景についてはなにも明かしていない。だが、解体の瞬間まで《バジス》には居住者がいたことが知られている。そして、もうひとつ確かなことがある。解体は、乗員にとって突然降りかかった大惨事ではなかった。短時間の出来ごとであったことは確かだろうが、どこか安全な場所へ退避する時間は残されていた。

避難した搭載船の一隻が惑星ブガクリスに到着し、搭乗者とその子孫はそこで生き残っただけでなく、あるデータ記憶媒体をずっと保管しつづけた。それが『ログ』だ。

ほかにも、別の居住可能な惑星に不時着した船があったかもしれないし、もしかすると、『ログ』のような記憶媒体が宇宙の各地にもっとたくさん存在するのかもしれない。そして、それらのいくつかは、データを『ログ』よりも多く、そして良好な状態で保存しているとも考えられる。『ログ』には、《バジス》解体に関する記録は、その正確な時期も、過程も、そしてとりわけその理由も、記憶されていなかった。不自然な話だ。この巨大宇宙船の住民の生活にとって、その居住空間の解体よりも重要で決定的な出来ごとがほかにあるだろうか？

それほど大きな出来ごとを、ギャラクティカーが記録やシミュレートをしなかったと考える理由があるか？　そのような避難者の子孫が好戦的で野蛮なカラポン人に見つかり、不幸にもかれらの獲物として狙いを定められたほかの種族と同じように襲われ、財産を強奪されたと考えない理由があるだろうか？

古い時代に由来する失われたデータ記憶媒体。ペリー・ローダンとその仲間は、それを手に入れるためなら、どんな努力も惜しまないだろう。

だが、もうひとつ、恐ろしい可能性が残されていた。

もしフェング・ルが本物のモトの真珠を描写していて、記録というべきかシミュレーションと呼ぶべきかは定かではないが、とにかくさっき見た映像が本当にその正体不明のモトの真珠に保存されていたのだとしたら、否応なしに、《バジス》とアンソン・アーガイリス、そしてハミラー・チューブの映像がどうやってそこに記憶されることになったのか、という疑問が湧く。

〈モトの真珠を絶対に手に入れねば！〉

〈ええ、かならず！〉

〈ゲ・リアング＝プオ！　なにか新しい動きは？〉

〈ありました。ある者がわたしをたずねてきたのです。だれだと思いますか！〉

9

捕虜としての視点から見る者にとっては、宮殿の地下空間に牢獄以外の使い道は思いつかないだろう。だがそれは思いちがいだ。実際のところ、宮殿地下に収容されている者の数は比較的少ない。宮殿に運びこまれるのは、特殊な捕虜や受刑者だけだ。ふつうの犯罪者は別の場所に投獄される。

地下にある部屋の大多数は別の目的のために使われていた。近衛兵や使用人の詰め所などだ。

カラポン皇帝とその一族に仕えるのは、決して喜ばしいことではなかった。たとえば、ソイ・パング皇帝の父親は急死するすこし前に、数百名の近衛兵と使用人、そしてその家族らを反逆罪および殺害未遂の罪で処刑した。食事に毒を盛られたとされる事件では、料理係の全員に加え、その料理になんらかの形で関係していた全員、つまり何十名もの商人、農家、収穫労働者なども殺された。かれらの全員が、偉大なる皇帝は毒ではなく、ただの食べすぎで腹をくだしただけだと知っていたにもかかわらず、である。

そのことはソイ・パングも知っていた。まだ若い知的な皇子だったかれは、その瞬間自分にチャンスがめぐってきたと気づいた。

皇帝の一族には、昔から知られるひとつの問題があった。カラポン帝国では、血統と年齢のみにもとづいて王位が継承されるのである。もし、皇子が無能で、カラポンの栄誉を損なう恐れがあるのなら、そんな皇子は徹底的に排除されなければならない。現皇帝が疲れ果てて迫害妄想に陥った場合も同じだ。しかるに、カラポンでは皇帝が老衰で亡《な》くなることはほとんどなかった。

ソイ・パングがどのような手段を講じて皇位に即《つ》いたのか、宮殿内のだれもが知っていた。そのかれでさえ、支配者としてはましなほうだとみなされていた。ソイ・パングは厳しく、敵に対しては残忍で、臣下には厳重な規律を課した。それにもかかわらず、だれもがかれのことを、許容可能とみなしていた。かれよりひどい皇帝はいくらでもいたからだ。

そうした情報のすべてを、ゲ・リアング＝プオは自分の房の近くにいる使用人たちの思考から吸収した。そのさいに得た情報によると、最近のソイ・パングはいつになく静かで、辛抱強くなったようだ。みんな、その原因はダオ・リン＝ヘイだと考えている。ソイ・パングはダオ・リン＝ヘイが気にいったようだ。

ゲ・リアング＝プオもその恩恵を受けることになった。

以前よりもましな房に移されたし、最近では新鮮でまともな食事があたえられるようにもなった。ありがたいことに、魂のない自動機械ではなく、生きているカラポン人と接触できるようになった。

そうこうするうちに、この宮殿内で感じつづけてきた奇妙な抑圧について考える時間も充分に得られた。どんな小さな痕跡もたどりつづけ、最終的にとても興味深い物語に出くわした。

どうやら、皇帝になる前のソイ・パングはさまざまな惑星をめざして何度も遠征し、そのたびにたくさんの異質な物品をもちかえってきたようだ。その〝旅のみやげ〟のなかに、ダールが含まれていた。どこか辺境の惑星で見つけた、うろこでおおわれた小さな生物で、故郷の惑星では三歳児程度の知性をもつ。

ところがカラポン人の手に渡ったとたん、この生物の知性が明らかに高まったので、ソイ・パングはその原因を調査させた。その結果、ダールがカラポン人の精神力を吸収していることがわかった。危険な結果を恐れた皇帝は、最終的にはダールをその故郷へ送り返した。だが、その決断をくだすまでに、かなりの時間がたっていた。そのうろこでおおわれた小型生物のことが気にいっていて、手ばなしたくなかったからだ。そこではじめのうち、ソイ・パングは別の方法で問題を解決しようとした。

かれに忠誠を誓った種族のなかに、ハウリ人から派生し、いまだに古いプシ能力をある程度維持している者たちがいた。ソイ・パングはその種族に宮殿内にある種の障壁をつくらせた。それでダールの能力を封じこめようとしたのだ。試みは失敗に終わったが、その障壁はほかに目立った悪影響もなかったので、そのまま放置して、解体の手間を省いたのである。

奇妙な抑圧の原因が特定できたことに加え、ほかのプシ能力の存在を察知することもできなかったので、ゲ・リアング＝プオは安心して、自分の能力をフルに使うことができた。しかし、実際には慎重かつ穏やかに能力を使うだけで充分だった。というのも、すでに心を開きつつある近衛兵の背中をすこし押すだけで目的を達成できたからだ。以前よりはましな環境に置かれてまもなく、シサ・ヴァートがやってきてゲ・リアング＝プオとの面会を申し出たところ、近衛兵は当然のことのようにあっさりと認めたのだ。

房に入ってきたとき、シサ・ヴァートはまだ驚いていた。

「どうやって近衛兵を懐柔したの？」シサ・ヴァートがたずねた。「賄賂？」

ゲ・リアング＝プオはただほほえんだ。自分の能力のことを明かすつもりはなかったからだ。相手がシサ・ヴァートでもだ。

「それよりも、あなたが宮殿に入る許可を得られたことのほうが不思議だ」ゲ・リアング＝プオはいった。

「そんなのは簡単よ」シサ・ヴァートが応じる。「わたしの親族に、結婚相手を探している若い女が数名いるの。近衛兵は相手として不足はないわ。ふつう、そういった仲介はかなり高くつくのだけど、訪問許可をくれる近衛兵には割引してあげるの」

「まさか宮廷でそんなやり方が通用するとは思わなかった！」ゲ・リアング＝プオは驚いた。

「ここにはありえないことなんてないわ」シサ・ヴァートが冷静に応じた。「ダオ・リン＝ヘイはどこ？」

ゲ・リアング＝プオはできるだけくわしく状況を説明した。

「ソイ・パングが彼女に興味津々《きょうみしんしん》だそうよ」シサ・ヴァートがまじめな顔でつぶやいた。

「この状況は利用できるかもしれない」

「なにに？」

「これから」シサ・ヴァートが説明した。「わたしたちがあなたたちをここから逃がして、アルドゥスタアルへ連れ戻す」

「わたしたちって？　だれのこと？　あなたとロイ・スクロム？」

「それとあと二名」シサ・ヴァートがためらいがちに明かした。「その名前を聞いたらあなたは気を悪くするだろうけど、この二名の協力が絶対に必要なの」

「だれのこと？」

「フェング・ルとサル・テーよ」

ゲ・リアング＝プオは目の前のカラポン人を茫然と見つめた。

「説明して！」しばらくしてうなった。

シサ・ヴァートは説明した。

「あとはあなたとダオ・リン＝ヘイの協力しだいよ」と、最後に付け加えた。

「ちょっと待って」ゲ・リアング＝プオが慌てていった。「話が早すぎる。どうやってカラポンから離れる？　《マーラ・ダオ》と乗員はどうなった？」

「船はまだ宇宙港にあって、船内の見張りはごくわずか。わたしたちはまだ自分のキャビンを片づけてないの。だからときどき船に戻ってあれやこれやを運び出しても、だれも怪しまない。マイ・ティ＝ショウたちと話す機会も、何度もあったわ。かれらなら大丈夫。もちろん、精神的にはすこしまいっているけど、いざというときには、頼りにできるわ」

「ならいいけど」ゲ・リアング＝プオがつぶやいた。「いつ決行するつもり？」

「準備にあと数日。そのときがきたら、連絡するわ」

＊

時間が長く感じられた。ダオ・リン＝ヘイはすべての情報を得て、シサ・ヴァートの合図を待ちつづけた。

ソイ・パング皇帝は毎日二回か三回、部屋にやってきた。椅子にすわり、ダオ・リン＝ヘイにアルドゥスタアル出身のカルタン人の風習や慣習についてたずねる。くるたびにちょっとした手みやげを携えていた。それがなにを意味しているのか、ダオ・リン＝ヘイははっきりと察していた。だからこそ、彼女は自分の種族の慣習に関しては、カラポン皇帝が予想していたよりも開けっぴろげに話して聞かせた。

ダオ・リン＝ヘイが自分になにを理解させようとしているのかを悟った皇帝は、その駆け引きをおもしろいと感じ、まるで新しいゲームを見つけたかのように、乗り気で応戦した。

かれはこれまでの年月で数多くの女に子を産ませていた。知的で有能な皇子を一定数確保しつづけることは、かれのような支配者にとって当然の義務だからだ。だが、決まった相手と長く付き合うことはなかったし、数多くの息子も、ほとんどは名前しか知らなかった。

ダオ・リン＝ヘイには皇帝としての命令が通じない点が、ソイ・パングにとっては刺激的だったが、同時にある程度の用心も必要だった。だからかれは、自分にとってはまったく不慣れな態度まで実践しなければならなかった。忍耐を示したのだ。

まもなくダオ・リン＝ヘイは、ソイ・パングにはとても多くの好ましい資質があることに気づいた。ただ、皇帝という立場にあるため、ふだんはそれらを表に出すことがないのである。かれは知的で教養があり、皇帝の考えを頭ごなしに否定しないかぎりはという条件付きではあるが、話し相手として最適だった。どんな話題でも、かれはさまざまな観点に立つ柔軟さは示したが、最終的には自分の考え、自分の見解を決して譲ろうとはしない。なにがどうなろうとも、正しいのはいつも皇帝なのだ。

そのため、ときに会話はとても疲れるものだった。

ときどき、ダオ・リン＝ヘイはモトの真珠を話題にした。

「どこからきたのか？」などとたずねたこともある。「いつからそれはカラポンの宝になった？　ほかの宇宙船に関する記録も残っているのか？　どうしてかけらの一部が《ナルガ・サント》にあると思うのか？」

だが、そうしたときには、ソイ・パングは沈黙でもと全知者に対抗した。問いかけには応じず、秘密を守り通した。この点では、ダオ・リン＝ヘイも同じだ。

そのため、かみ合わない会話が何時間もつづくこともあった。それはまるで、言葉を介して敵対と魅了で結ばれた両者が絶妙な距離感で舞いつづける奇妙なダンスのようだった。

いずれにせよ、ソイ・パングはダオ・リン＝ヘイがモトの真珠のふたつめのかけらについて本当になにも知らないと信じはじめているようだった。なぜなら、その話題に触れることがほとんどなくなったからだ。代わりにかれは、ある日、まったく別の敏感な話題を口にした。

「いつか、あの巨大船を手に入れたら」ソイ・パングは切りだした。「われわれはカルタンを征服する。そのさいにカルタン人たちに降りかかる運命を、ある程度は左右できる立場にいる。きみは、カルタン人がとても誇り高き種族であることは、わたしもすでに理解した。したがって、われわれカラポン人がカルタン人を支配するなら、暴力をもちいるしかない」

「カルタンを支配なんてさせない！」ダオ・リン＝ヘイは自分でも驚くほど強く反応した。

「だが、きみならできる！」ソイ・パングが冷静に応じた。「きみを皇后にしたい。きみになら、かれらも従うだろう」

ダオ・リン＝ヘイは笑った。

「ありえない！」彼女はいった。「カルタン人は決してわたしを受け入れない。カルタンを簡単に征服できるとは思わないことだ。たとえあの巨大船があったとしても、カルタン人の星間帝国を簡単に手に入れることはできない」

「必要なのはスピードといくつかの要素だ」皇帝は冷静に説明した。「ブラック・スターロードを使うことも検討しよう」

そういって、ソイ・パングはダオ・リン＝ヘイを観察するようにじっと見つめる。ダオ・リン＝ヘイは気を引き締めた。ブラック・スターロードなどという言葉は聞いたこともないというふりをつづけるのが賢明だと思えたからだ。

「ブラック・スターロードとは？」ダオ・リン＝ヘイは困惑した表情でたずね返した。

「知っているはずだ。《ナルガ・サント》がそれを使ったのだからな」

彼女は《ナルガ・サント》がブラックホールに突入したと話しただけだ。それ以上でも、それ以下でもない。だから、もう一度そう話した。

「そのとおりだ」ソイ・パングがうなずく。「《ナルガ・サント》はその道を使った。すくなくとも、使おうとした」

「ブラック・スターロードなんて名前を聞いたことがない」ダオ・リン＝ヘイはできるだけ平静を装っていった。「だれから教わった？」

「モトの真珠からだ」

ダオ・リン＝ヘイはなにも知らないふりをつづけたが、爪を隠しつづけるには、自分でも信じられないほどの集中力が必要だった。

「モトの真珠はそのスターロードの使い方も教えてくれたのか？」しばらくの沈黙のすえ、ダオ・リン＝ヘイはたずねた。

ソイ・パングが彼女を試すように見つめる。

「きみもなにかを知っているはずだ」そういいはなった。その瞬間、かれの内側に怒りが、欲しいものならなんでも手に入る支配者の短気がこみあげてきた。

ダオ・リン＝ヘイは皇帝を見つめながら、次の瞬間にも近衛兵がやってきて、彼女から隠している情報のすべてを絞り出すために、別の部屋へ連行するだろうと覚悟した。

永遠にも感じられる数秒が過ぎた。すると、皇帝は深くため息をついた。

「いつかある日、きみのほうから教えてくれるだろう」そういって立ち上がったかと思うと、そのまま出ていった。

それから二日間、ソイ・パングはやってこなかった。代わりにシサ・ヴァートがやってきて、近衛兵は彼女に入室を許可した。

「今晩よ」健康で五体満足な長年の親友に再会できたことを喜ぶかのようにダオ・リン＝ヘイを抱きしめながら、シサ・ヴァートが耳もとでささやいた。「近衛兵が合図をするから。ロイ・スクロムが通廊の終わりであなたを待ってる。この武器を使って」

シサ・ヴァートがなにかをコンビネーションのポケットに入れたことに、ダオ・リン＝ヘイは気づいた。だが、いまだに監視されている恐れがあったため、監視者に疑われそうな動きは極力控えた。

その日の午後は我慢しがたいほど長く感じた。夜、近衛兵が扉を開けて顔をのぞかせたとき、ダオ・リン＝ヘイの頭はすでに逃亡でいっぱいだった。フェング・ルとサル・

テーはまちがいなくモトの真珠を奪おうとするだろう。フェング・ルはその保管場所も、警備方法も熟知している。

しかし、突然、ソイ・パングが近衛兵の背後にあらわれた。

「わたしについてきてくれるかな？」皇帝はたずねた。「いまこそ、きみは真珠のもうひとつの記録を見るべきだ」

ダオ・リン＝ヘイには手に握った武器を隠す機会も、いまだにむずかしいゲ・リアング＝プオとの交信に集中して彼女に警告を発する時間もなかった。ソイ・パングはていねいに問いかけたが、実際にはそれが命令であることは明らかだ。皇帝は彼女が黙って従うことを期待していた。

皇帝につづいて柔らかな光で満たされた豪勢な通廊に出たとき、ダオ・リン＝ヘイの心は凍りついていた。

最悪の事態が訪れた。彼女にはなすすべがなかった。

10

肉食植物は大きさこそ以前のままだったが、新しい株が育っていた。それ以外、その部屋のようすはなにひとつ変わっていない。

「なぜわれわれが、モトの真珠のふたつめのかけらが《ナルガ・サント》にあると考えているのか、知りたがっていたな」ソイ・パングがダオ・リン＝ヘイにいった。「実際、きみは本当にその答えを知らないのだろう。だからきみにも見せてやる。それを見れば、きみもわたしと同じ考えをもつだろう。そして、遅かれ早かれ、きみがふたつめのかけらの捜索を手伝ってくれると確信している」

ダオ・リン＝ヘイはなにも答えなかった。ただ、ゲ・リアング＝プオがテレパシーを通じて自分が窮地に陥っていることを知り、逃亡のくわだてをひとまず中止にするようとりはからうことを切に願っていた。

〈いまはだめだ！〉ダオ・リン＝ヘイは頭に痛みがはしるほど強く念じた。〈もうすこし待て！〉

だが、エコーがひとつとして返ってこない。そのため、ゲ・リアング＝プオに自分の声が届いていないと考えるしかなかった。

「はじめる前に」まるでダオ・リン＝ヘイの沈黙にまったく気づいていないかのように、ソイ・パングがつづけた。「そのポケットにある武器を渡してもらおうか」

「武器ってなんのことだ？」女カルタン人はすぐさま問い返した。

「とぼけてもむだだ」ソイ・パングが静かにいった。そして、あるスクリーンを指さすと、そこには武器をポケットに突っこむダオ・リン＝ヘイの姿がうつしだされていた。

「ほら、それとも近衛兵を呼んだほうがいいか？」

ダオ・リン＝ヘイは小さな殺傷武器を手わたした。ソイ・パングはそれをあらゆる角度から眺めてから、棚に置いた。

「だれがこの武器をきみに渡したのか、たずねるつもりはない」思案顔でそういった。

「さて、この報告書を見ようじゃないか。きみが真実を知るときがきたのだ」

含みをもたせた口ぶりだった。

それまでは、ダオ・リン＝ヘイは自分の問題に気をとられすぎていて、ソイ・パングに対してはあまり注意をはらってこなかった。しかし、いま、かれのなかに葛藤かなにかが生まれているように感じた。

「いつもとちがうようだが」ダオ・リン＝ヘイは指摘した。「なにがあったんだ？」

ソイ・パングは荒々しく振り返った。

「きみには関係のないことだ！」と、うなり声を上げる。

だが、その怒りこそが確かな証拠だった。ダオ・リン＝ヘイは驚いて立ち上がった。

皇帝は知っていたのだ。どこまでかはわからないが、いずれにせよ、計画のことを知り、対策を打った。

〈罠だ！〉ダオ・リン＝ヘイは頭のなかで念じた。〈ストップ！　いますぐ中止しろ！〉

「覚悟してもらうぞ」静かにいう皇帝は、かつてないほど恐ろしく見えた。「わたしは最初から最後まですべてを知っている。きみが計画のすべてを聞かされていることも含めて、すべてだ。そこで、きみをその計画から遠ざけることにした。だからこの部屋に連れてきたのだ。すべてが終わるまで、ここにいてもらう」

「でも、モトの真珠が……」

「安全な場所にある」

ソイ・パングはダオ・リン＝ヘイの目を見つめて、にやりと笑った。

「フェング・ルは愚か者だ」と、いった。「これを見よ！」

ソイ・パングは木箱を開けた。

ダオ・リン＝ヘイは思わず息をのんだ。

質素で単純な箱で、それまでその存在を完全に見過ごしていた。ほかのだれひとりとして、その箱に関心を向ける者などいないだろう。だが、その中身の前では、ほかのすべてが色あせて見えた。

モトの真珠がそこにあった。

それはデータの記憶装置にはまったく見えない。フェング・ルの描写も的はずれだった。モトの真珠が投げかけてくる青い魅惑的な光を見ていると、ダオ・リン＝ヘイはそれが〝さあ、手にとれ〟と話しかけてきているような気がした。

〝手にとって。さあ、早く。ここに、あなたが求めつづけてきたすべての知識が詰まっている〟

「ふたつのかけらがそろったら、これはどんな姿になると思う？」ソイ・パングが耳もとでささやきかけた。「どれほどの情報が得られるだろう？　きみも知りたいとは思わないか？　すべてがそろったときの完全な輝きを見たくないのか？」

かけらはふたつ。それ以上はない。ソイ・パングはそう〝確信〟していた。すくなくとも、百パーセントにきわめて近い確率でそれが事実だと考えていた。

だが、ああ、アルドゥスタアルの精霊よ、教えてくれ、《ナルガ・サント》の残骸のいったいどこに、そのふたつめのかけらがあるというのだろう？　そしてそのかけらが、いったいどのような経緯でそこにたどり着いたというのか？

それを問いただそうとしたとき、扉が開いた。

ソイ・パングが振り返った。絶対にじゃまをするなと命じておいたはずだ。そのためかれが最初に覚えた感情は純粋な冷たい怒りだった。しかし、目にしたのは自分に向けられた銃口と、傷跡の残るフェング・ルの顔だった。

ソイ・パングは叫び声を上げ、襟もとにあったボタンに手をかけた。

ダオ・リン＝ヘイはもはや選択の余地がないことを悟った。いますぐ行動するしかない。でなければ、すぐに宮廷内の全近衛兵が駆けつけてくるだろう。そうなれば、逃亡計画に関与した者は全員が命を落とすことになる。このような襲撃を受けてしまえば、ソイ・パングも、ふたたび恩情をかけるなどできるはずがない。

ダオ・リン＝ヘイはソイ・パングにつかみかかり、かれの腕を背後にねじり曲げた。ソイ・パングは抵抗したが、膂力《りょりょく》ではダオ・リン＝ヘイにはかなわない。激怒してうなり声を上げながら、ダオ・リン＝ヘイの足を踏むが、そのころにはフェング・ルが部屋に入り引き金を引いた。

ソイ・パングは麻痺し、その場に倒れこむ。

一瞬、静寂が支配した。

「こんな予定じゃなかった！」サル・テーがつぶやき、意識を失って横たわっているソイ・パングを見おろした。「計画変更です。とにかく逃げましょう、フェング・ル、すぐに！　もうどうしようもありません！」

　フェング・ルはすくみ上がった。

「まだ大丈夫だ！」静かに喉を鳴らす。

　そういいながら、フェング・ルはベルトからナイフを抜き出し、カラポン皇帝の上にかがみこんだ。

「頭がおかしくなったのか？」ダオ・リン＝ヘイが叫んだ。

「いままで頭がおかしかったのだ」フェング・ルがうなった。「皇位の継承だ。わたしはティン・ニウグをよく知っている。かれが幼かったころから狩りに付き合ったのだ。かれが皇帝になれば、わたしを罰することはないだろう」

　ダオ・リン＝ヘイは機敏に飛びかかり、フェング・ルの手をつかんだ。

「あなた、この部屋を出るなり、殺されるぞ！」ダオ・リン＝ヘイは冷たくいいはなった。「生かしておけば、かれを楯にすることができる。最高の楯だ！」

「こいつは……」

　フェング・ルがなにをいおうとしていたのか、だれにも知る機会がなかった。

　扉が開き、二発の銃声が響いたからだ。フェング・ルはその場にくずおれ、麻痺している皇帝におおいかぶさるように倒れた。ほぼ同時に、サル・テーも倒れた。両者とも、床にくずおれたときにはすでに死んでいた。

ダオ・リン＝ヘイはフェング・ルの武器を拾い上げながら、血の最後の一滴を失うまで近衛兵たちの攻撃に抵抗してみせると決意した。

しかし、両者を射殺したのは近衛兵ではなかった。

ロイ・スクロムが部屋に入ってきたかと思うと、ゲ・リアング＝プオがそれにつづいた。ゲ・リアング＝プオがソイ・パングを抱え上げ、ダオ・リン＝ヘイについてくるようにうながす。

「真珠を！」シサ・ヴァートがダオ・リン＝ヘイに叫んだ。「急いで！」

シサ・ヴァートとロイ・スクロムが勢いよく窓を開けると、植物の鉢や皿が床に落ちた。ダオ・リン＝ヘイは小さな木箱を閉じ、小脇に抱えた。

ダオ・リン＝ヘイは貴重な木箱を抱えたまま、庭に飛びだした。

＊

最初から公園を突っ切って逃げる計画だったようだ。宮殿からさほど遠くない木立のなかに、一機のグライダーが隠されていた。グライダーまであとすこしというところで、後方から騒ぎの声が聞こえてきた。

なぜ近衛兵が駆けつけるまで、それほどの時間がかかったのだろうか？

「皇帝の私室に入ることはタブーなの」グライダーを起動しながらシサ・ヴァートが説明した。「それに、今日は隣接する空間を警備する者もいなかった。皇帝はフェング・

ルを現行犯で捕まえるつもりで、あえて私室までの道に警備を置かなかった」

「みんな、これが罠だと知っていたのか？」ダオ・リン＝ヘイがたずねた。

「もちろん、気づいていたわ」シサ・ヴァートが喉を鳴らした。「わたしたちが皇帝に情報を漏らしたのだもの。そうでもしなければ、かれを油断させることも、真珠のありかを知ることもできなかった。襲われるとわかっていたから、ソイ・パングはこのいまいましい真珠を部屋にもってきたのよ」

「あなたたちははじめから、フェング・ルとサル・テーを殺すつもりだったのだな」ダオ・リン＝ヘイがいった。「なぜ？」

「あなたには関係のないことよ」そういってから、シサ・ヴァートは歯を食いしばった。

「あいつらとは古い因縁があったんだよ」ロイ・スクロムが横から説明した。「そのうち説明する」

だが、そのさいにシサ・ヴァートが投げかけた視線からは、説明は期待できないと思えた。

「ソイ・パングの容態は？」それが敏感なテーマであることに気づいたダオ・リン＝ヘイが、話題を変えた。

「大丈夫です」ゲ・リアング＝プオが簡潔に答えた。

背後からグライダーの一団が迫ってきた。夜の闇をまばゆい光線がはしったが、ダオ

・リン＝ヘイらの乗るグライダーには命中しなかった。

「ここには皇帝もいる！」シサ・ヴァートがマイクロフォンに向かって叫んだ。「われわれを撃ち落とせば、ソイ・パングも死ぬことになる。それ以上近づけば、すぐに皇帝を殺害する」

「このやり方がどこまでもつと思う？」ダオ・リン＝ヘイが問いかけた。

「うまくいくはずだ」ロイ・スクロムがいった。「ソイ・パングはわりと愛されているからな。これが数年前だったら、いまよりもっとむずかしかっただろう。こいつの父親には、数えられないほどの敵がいたんだ」

シサ・ヴァートがみずからグライダーを操縦した。いかなるルールも無視して、まっすぐに宇宙港へ向かう。最短距離で直進したため、目的地までは十五分ほどで着いた。

宇宙港は夜もにぎわっていた。シサ・ヴァートは速度を落とし、指定されている飛行経路に沿ってグライダーを飛ばした。

《マーラ・ダオ》はすぐに見つかった。いまだに着陸したままの場所にあり、宇宙港のどこを見渡しても、同じような船はなかった。

数多くの重装備した軍用車輛が《マーラ・ダオ》をとり囲んでいた。カラポン皇帝の衛兵たちには、逃亡者が向かう先が容易に想像できたのだろう。

「撤退せよ！」シサ・ヴァートが無線で命じた。「さもなくば、皇帝を殺す！」

「皇帝がご存命である証拠を見せてもらおう！」厳しい口調でだれかがいった。

「皇帝はいま麻痺状態にある」シサ・ヴァートがいう横で、ゲ・リアング＝プオが皇帝の上半身を起こし、通信用カメラにそのようすをうつした。「だが、生きている。よく見れば、映像越しでもわかるだろう」

「ああ、確認した」カラポン人が力なく答えた。「無事逃げられると思うな。覚悟しておけ！」

「手出しはさせない」シサ・ヴァートがかみつくようにいった。

《マーラ・ダオ》をとり囲んでいた車輛が道を空けた。撤退していくようだ。

「船内の警備兵も撤退させろ」シサ・ヴァートがあらたに命じた。「《マーラ・ダオ》船内でカラポン人に遭遇した場合、われわれはその場で射殺する」

ダオ・リン＝ヘイはシサ・ヴァートを鋭くにらみつけた。そんな脅迫はよけいだと思えた。

一同は、警備兵が船を去るのを待った。その数は少なかった。船の内情を知っていたシサ・ヴァートとロイ・スクロムが、退去する警備兵を数える。

「あれで最後だ」ロイ・スクロムがいった。その表情には安堵が浮かんでいた。

シサ・ヴァートはグライダーでエアロックに入り、すぐに飛びおりたかと思うと、ハッチが閉じる前に急いで出ていった。ロイ・スクロムがそのあとにつづいた。

「皇帝を上へ連れていけ！」ロイ・スクロムは倉庫の方向へ走りながら、ダオ・リン＝ヘイとゲ・リアング＝プオに向かって叫んだ。

カルタン人の両者は皇帝をリフトに運んだ。モトの真珠の入った木箱はダオ・リン＝ヘイが持っている。

中央司令室にたどり着いた両者を、乗員たちが出迎えた。

「緊急スタートの準備を！」ダオ・リン＝ヘイが命じ、操縦席へ急いだ。マイ・ティ＝ショウが彼女をそのような〝平凡な〟仕事から遠ざけようとしたときのことを思い出して、ダオ・リン＝ヘイは口もとがゆるんだ。

そのあいだに、ゲ・リアング＝プオが麻痺したままの皇帝を成型シートに座らせると、カラポン人たちにその映像を届けた。

「われわれを追跡しようなどとは思わないこと！」カラポン人将校たちに向けて警告した。「われわれに手出しをしないかぎり、皇帝の安全は保証する」

見知った顔が画面にあらわれた。あらたに大提督となったデル・ミオンだ。

「どこまでも追いかけてやる！」デル・ミオンは威圧した。「必要なら、宇宙の最果てまでも」

「やめておけ！」ゲ・リアング＝プオが真顔で答え、木箱を持ち上げて開いた。「われわれの手には、皇帝だけではなく、モトの真珠もある。デル・ミオン、ベントゥ・カラパウでは世話になったな。またなにかしでかしたら、ただじゃおかない」

デル・ミオンは顔を引きつらせてあとずさりした。背後にいる将校たちはいちように不安そうな顔を浮かべたが、そのうちの数名にいたっては新しい大提督に対して、明らかな怒りを示していた。

かれの〝英雄譚〟はすでに噂になっているのである。デル・ミオンを好む者はいなかった。

カラポン人将校たちはどうすべきかわからず、ただ黙りこんでいた。

《マーラ・ダオ》がスタートした。

訳者略歴　1970年生，高知大学人文学部独文独語学科卒，フリードリヒ・シラー大学イエナ哲学部卒，翻訳家・日本語教師　訳書『ウウレマの遺伝子奴隷』シェール＆グリーゼ，『《バルバロッサ》離脱！』エルマー＆マール（以上早川書房刊）他多数

HM=Hayakawa Mystery
SF=Science Fiction
JA=Japanese Author
NV=Novel
NF=Nonfiction
FT=Fantasy

宇宙英雄ローダン・シリーズ〈724〉

カラポン帝国《ていこく》の皇帝《こうてい》

〈SF2459〉

二〇二四年十一月　十日　印刷
二〇二四年十一月十五日　発行

（定価はカバーに表示してあります）

著　者　H・G・エーヴェルス　マリアンネ・シドウ
訳　者　長《は》谷《せ》川《がわ》圭《けい》
発行者　早川　浩
発行所　株式会社　早川書房
郵便番号　一〇一－〇〇四六
東京都千代田区神田多町二ノ二
電話　〇三－三二五二－三一一一
振替　〇〇一六〇－三－四七七九九
https://www.hayakawa-online.co.jp

乱丁・落丁本は小社制作部宛お送り下さい。
送料小社負担にてお取りかえいたします。

印刷・信毎書籍印刷株式会社　製本・株式会社明光社
Printed and bound in Japan
ISBN978-4-15-012459-5 C0197